宝くじで40億当たったんだけど異世界に移住する
14
すずの木くろ
Suzunoki Kuro
ill 黒獅子
Kurojishi
モンスター文庫

バリン
グリセア村の村長
バレッタ
グリセア村 村長の娘

「すまなかったっ！
必ず守ると約束したのに、私は――」
「お父さん……」

「後でっていつですか!?
ねえねえ!?」
ジルコニア
ナルソンの後妻
リーゼ・
イステール
ナルソンの娘

「お、お母様！　落ち着いてください！」
志野一良
宝くじで億万長者となった青年

ナルソン
イステール領の領主
フィレクシア
バルベール第10軍団所属の
兵器職人

「いいか、お前ら。目的を見誤るんじゃねえぞ。自分の国と民を守るために戦争してるんだ」
ルグロ・アルカディアン
アルカディア王国の王太子
ティティス
バルベール第10軍団所属の秘書官

アルカディア王国 周辺地図
部族支配地域
バルベール共和国
Valvert
クレイラッツ
都市同盟
Craylutz
アルカディア王国
Arcadia
プロティア
王国
Protea
エルタイル
王国
Altair
アルカディア王国 国内地図
バルベール共和国
Valvert
砦
グレゴリア
グリセア村
イステリア
クレイラッツ
都市同盟
Craylutz
アルカディア王国
Arcadia
フライシア
王都アルカディア

宝くじで40億当たったんだけど異世界に移住する⑭

すずの木くろ

MONSTER bunko

Contents

序章

バルベール共和国は、貴族と市民の代表者たちによって構成された「元老院」という統治機関によって政治運営が行われている国である。

国土面積はアルカディア王国の8倍を優に超えており、人口に至っては2000万人に届こうかというほどの超巨大国家だ。

彼らは元老院の指導の下、数々の小国家や部族を併合し、国をここまで成長させてきた。

新たに国に加わった者たちには一般国民と同じ権利が与えられ、有能な者は登用し、功績に応じて報奨金や土地を与えて財を成すことも認められている。

そうすることによって、彼らは新たに得た地位と財産を守るべく、有事の際は率先して動員に応じ、国を守るための剣となり盾となってきたのである。

近隣にある程度の国力を有した国々と国境を接するようになると、彼らは外交に力を注ぐようになった。

経済による緩やかな侵略を推し進め、相手国との力の差が決定的になった段階で軍事と経済の両面による脅迫を行い、応じれば併合、拒否すれば征服戦争という手段を取ってきた。

だが、それは北方から蛮族《ばんぞく》の大軍が押し寄せてくるまでのことだった。

生存圏を求めて攻めかかって来る蛮族には外交手段はほとんど通用せず、軍事力による対抗手段しか取りえなかったのだ。

しかも、バルベールがそれまで戦ってきた国々とは蛮族は勝手が違い、彼らの兵士たちの戦いぶりにはほとんど統制が見られなかった。

よく訓練され規律の守られた軍隊が相手ならば、軍団対軍団といったかたちで、統制の取れた塊《かたまり》同士の戦闘が繰り広げられる。

しかし、蛮族の兵士たちは個々人が勝手に戦うため、どこを正面と見て戦えばいいのか判断できない、押し寄せる津波を相手にするような戦闘を強いられた。

それまでバルベールや他の国々が用いていたファランクス戦術のような密集隊形による戦法が通用せず、長槍のような武器を装備しているとあっという間に側面から切り崩されて大敗を喫することになった。

それゆえ、北方で戦うバルベール軍は、長槍ではなく短剣と大盾を装備した小集団ごとに独立して戦う戦法を取るようになり、熟練した指揮官の重要性がこのうえなく高くなった。

その最たる例が、カイレン・グリプス将軍率いる第10軍団だ。

彼の率いる軍団は緒戦こそ負け続きだったが、やがて蛮族との戦いに慣れてくると、その立場が逆転した。

不利と判断すれば元老院から撤退を禁止されていても尻尾を巻いて逃げ回り、確実に勝てると判断した時にしか彼は戦いに臨まなかった。

時には自国の街を丸々1つ餌《えさ》に使うこともあり、住人を盾にされてもかまわず苛烈な殲滅《せんめつ》戦を繰り広げるといった非道な手段も当たり前のようにとった。

そのうえ、時には甘言を用いて蛮族に仲違いを誘ったり、金品と引き換えに連携を乱れさせたりと、あの手この手で蛮族を悩ませ続けたのだ。

そんな彼が軍団とともにアルカディア方面へと消えた今、彼らと相対していた蛮族にとっては絶好の攻め時となっていた。


バルベール北西部　港湾都市「ドロマ」　城門前。

しとしとと降る雨の中、交渉の使者としてやって来たアロンドは、城門を見上げて声を張り上げていた。

彼の場所からはるか後方には、ゲルドン率いる部族軍の大軍が待機している。

時刻は真夜中であり、彼らの掲げる無数の松明が不気味に闇《やみ》に揺れている。

その前では腕組みしたゲルドンが、隣にウズナを控えさせてこちらをじっと見つめていた。

「これが最後の警告です！　国境を守っていたバルベール軍第16軍団は南へ敗走し、他の戦線も総崩れの様相を呈しています！　この地に援軍が来ることは、万に一つもありません！」

ぐっしょりと濡れた髪と顎《あご》からぽたぽたと雫を滴らせながら、アロンドは説得を続ける。

「部族同盟は殺戮を求めてはいないのです！　武装解除して我々を受け入れれば、ただの1人も死なずに済みます！　今、我らに従えば、略奪や奴隷《どれい》化といったことも一切行いません！　総督以下、全市民の財産の7割は保障し、現状に準じたしかるべき地位に据えると約束いたします！」

アロンドの呼びかけに、城門の上では豪奢な鎧を纏った老兵が険しい表情で傍《そば》に立つ側近らと何やら話している。

彼は、この都市を任せられている総督だ。

「この都市は完全に包囲されています！　提案を拒否すれば、陸と海の両方から一斉に攻撃が行われ、都市は壊滅するでしょう！　市民の命と財産を守るためにも、ご決断ください！」

「……本当に、略奪は行わないのか？　我らの財産も保障すると？」

老兵が絞り出すように言うと、アロンドは力強く頷《うなず》いた。

「はい。総督府が保管する食料の5割を提供し、守備隊を武装解除すれば誰一人傷付けません。一時的に市民の家屋はいくらか借り上げますが、必ずお返しいたします。市民に乱暴を働いたり窃盗を行った者には、命をもって償わせるとお約束いたします」

「ううむ……」

「総督閣下。たとえ籠城を決め込んだとしても、海軍のいないこの都市では、我らの大艦隊を撃退することは不可能です。沖合に揺れる松明の灯りを見たでしょう？　降伏勧告を受け入れてください」

「……海軍が出払っているこの状況では、選択の余地はないな。承知した」

彼は覚悟を決め、兵士たちに命じて門を開けさせた。

城門から降り、1人でアロンドに歩み寄る。

「これでよいか」

「賢明な決断でございます。約束は必ず守りますので、どうかご安心を。怯《おび》える市民たちにも、先ほど私がお伝えしたことを周知させていただけますでしょうか？」

ほっとした様子で言うアロンドに、総督が頷く。

「ああ。一切抵抗しないと約束する。くれぐれも、『反抗した者がいた』などとでっち上げて約束を反故にするような真似はしないでいただきたい。敵である貴君らを信じた我々に、どうか慈悲の心を見せてほしい。よろしく頼む」

総督が腰を折り、深々と頭を下げる。

アロンドは頷き、ゲルドンたちを振り返って大きく手を振った。

「くっくっく。アロンドよ、お前は本当に賢い奴だ」

兵士たちを引き連れて街なかを進みながら、ゲルドンが愉快そうに肩を揺らす。

アロンドは「恐縮《きようしゆく》です」とにこりと微笑《ほほえ》んだ。

すでに街の守備隊は武装を解除しており、部族の兵士たちに食糧庫や武器庫の案内をさせられている。

街のすべての出入口は封鎖され、異様な雰囲気のなかで静かに制圧が進められていた。

総督が直々に降伏を宣言したおかげか、今のところ抵抗する者はいないようだ。

「これほどの大都市を、一兵も失わずに手に入れられるとは思わなかったぞ。まさかこれほど上手くいくとは、夢にも思わなかった」

「ゲルドン様の卓越した指導あってこそです。此度の下準備の迅速さには感服いたしました」

バルベールに攻め込むにあたり、アロンドはまず沿岸都市を制圧することを強く進言した。

巨大な港を有する都市が存在する限り、いつバルベール軍が船で軍団を輸送して背後を突いてくるか分からないからだ。

内陸部に深く侵攻できたとしても、海から回り込まれてしまっては前後と側面から攻撃を受けることになってしまう。

そうなれば、海上戦力をほとんど持っていない部族同盟は常に後手後手になり、戦いの主導権を奪い返されてしまうだろう、というのがアロンドの意見だった。

たとえ1つでも港湾都市を手に入れることができれば、そこを拠点として睨《にら》みを利かせられるのだ。

「それにしても、よくこの短期間で、あれほどの数の筏《いかだ》を作ることができましたね」

「浮いているのがやっとの物ばかりだがな。今頃、沖合でバラバラになっているかもしれんぞ。うはは！」

この都市を脅迫するにあたり、彼らは大量の筏と松明をこしらえた。

日が落ちるのを待ってそれらを沖合に繰り出させ、松明を焚《た》いてあたかも大艦隊がいるように見せかけたのだ。

雨のおかげで視界は余計に悪くなり、陸地からは遠目に松明の灯りが見えるだけで筏だとは気づかれなかったようである。

ちなみに、タイミングよく雨が降ったのは偶然ではない。

北方に住む彼らの狩人は雲と風の動きから天気を予測する技能に優れており、雨を予測して作戦を決行したのだ。

北国では悪天候に見舞われると、特に冬の場合はその寒さから命を失うことにもつながりかねない。

狩猟のために何日も集落を離れる者にとってはまさに死活問題で、生き延びるために必要な知識なのだ。

そんな彼らのおかげで、今回の作戦は成功したのである。

「これで、我らも船を手に入れることができたが……バルベールの艦隊相手となると、歯が立たんだろうな」

「ええ。海軍は一朝一夕で作れるものではありませんので」

アロンドが即座に同意する。

「船という足を手に入れても、陸での戦闘経験しかない兵士たちは海上では戦えません。それに、この街に残っているのは、漁船や旧式の小型艦だけでしょう。アルカディア方面に出払っている海軍の精鋭とは、とても戦えませんよ」

アロンドはバルベールから脱出する直前まで、バルベール軍のすべての居場所と任務を調べ続けていた。

漕ぎ手を上下2段にした巨大な2階建て軍船――2段櫂船《かいせん》――の存在も把握《はあく》しており、そんな新型船に乗った熟練の海軍兵士たちを相手にしても勝てるわけがないと考えている。

グレゴルン領と懇意にしていたアロンドは、海上での戦いが船員と船の性能にいかに左右されるのかを、5年前までの戦争でよく知っていた。

「となると、我らにできるのは、海から攻められても港に引きこもることだけか。いっそのこと、船に火を点けて奴らの船に突っ込ませてみるか？」

「いえ、それよりも、手に入れた船には大切な使い道が――」

アロンドが言いかけた時、食料庫を見に行っていたウズナがラタに跨って戻って来た。

「アロンドが言ってたとおり、食料はたっぷりあったよ。今、爺さんの部下を立ち会わせて半分に分けさせてる」

ウズナはそう言って、アロンドの隣に並ぶ。

「アロンド、あんたやるじゃん。ここまで役に立つ奴だなんて思わなかったよ」

「はは、ありがとう。正直なところ、こんなに上手くいくとは思ってなかったけどね」

朗らかに笑うアロンドに、ウズナもふっと柔らかい笑みを浮かべる。

「初めて笑顔を見せてくれたね」

「何だよ。いつも仏頂面だとでも言いたいわけ？」

「いやいや、ウズナさんは美人だし、もっとニコニコしていたほうがいいのになって思ってたから、嬉しいんだ」

「なっ、調子のいいこと言うんじゃない！」

顔を赤くして怒るウズナに、アロンドが可笑しそうに笑う。

「何が可笑しいんだよ！」

「あはは！　ごめんごめん。ウズナさんの可愛いところがもっと見られるように、これからも頑張るからさ、許してよ」

「訳の分からないこと言ってんじゃない！　それ以上バカなこと言ったら、殴り飛ばすからね！」

「痛っ!?　もう殴ってるじゃないか。酷《ひど》いなぁ」

そんなやり取りをする2人に、ゲルドンが「がはは！」と豪快に笑う。

「何だ、ウズナ。お前、アロンドのことを気に入ったのか？」

「ああ⁉　ゲルドンまで何言ってんだよ⁉　殴られたいの⁉」

「おお、怖い怖い。我が娘ながら、気性が荒くて敵わん。なあ、アロンド？」

「はは、そうですね。元気な女性は好きですが、もう少しお淑やかにすれば、もっと魅力的になると思います。こんな綺麗《きれい》な女性は滅多にいませんから、もったいない限りですね」

「〜〜〜ッ！」

ウズナは顔を真っ赤にし、くるりと踵《きびす》を返した。

「あれ？　ウズナさん、どこに行くんだい？」

「皆が寝泊まりする家を借り上げに行くんだよ！　早くしないと、全員が道端で夜を明かすことになるじゃないか！」

「ああ、それなら俺が総督さんに手配するように頼んでおいたけど？」

「なら、ちゃんと準備できてるか確認してくる！　あんたらは先に行ってて！」

ウズナはそう言うと、走って行ってしまった。

その背を見送っていたゲルドンが、「ふうむ」と顎を撫《な》でる。

「なるほど、あいつも色を知る年頃か」

「彼女は何歳なんですか？」

「17……いや、お前が来る3日前に18になった」

「若いのですね。その割には、ずいぶんとしっかりしているように見受けられます」

「族長の娘として気を張っているんだろう。いつも、こんなしかめっ面をしてるから、少し老けて見えるんじゃないか？」

ゲルドンが両手で頬《ほほ》を少し釣《つ》り上げて見せる。

「はは、確かに。彼女は背伸びをしているというか、自分を強く見せようとしているようですね」

「まあ、それくらいであってくれたほうが、私としても安心だがな。負けん気が強いというのは、それだけ責任感も強いということだ」

「なるほど。失礼ですが、次期族長には彼女が？」

「いや、慣例としては男が族長を務めることになっている。あいつが結婚した相手が族長ということになるが……ウズナをものにして、族長の地位を狙うつもりか？」

ニヤリとした視線を向けるゲルドンに、アロンドが苦笑する。

「ご冗談を。私のような新参者、部族の皆が認めませんよ。それに、『手を出したら腕を切り落とす』とウズナさんには言われています。私はまだ死にたくはありませんので」

「うはは！　腕を切り落とすか！　こりゃ傑作だ！」

肩を揺らしてゲルドンが笑う。

アロンドは一緒にひとしきり笑い、前を見た。

この街の司令部が入っている立派な石造りの建物が、視界に入る。

「さて、この都市を手に入れたのはいいとして、我らにはあまり時間がありません。早急に、新たな進軍経路を策定いたしましょう」

「うむ。地図もあるだろうし、より円滑に進軍できるようになるだろう。小さな村落も無視せず、迅速に制圧しながら首都を目指すぞ。他の部族に遅れるわけにはいかん」

「承知いたしました。差し当たって、手に入れた船を使って行いたいことがございます。後ほど、ご相談させていただけますでしょうか？」

「いいとも。我らの益になることなら、検討してやらんでもないぞ。うはは！」

機嫌よく笑うゲルドンに、アロンドは「ありがとうございます」とにこやかに頭を下げた。

第１章　北方の異変

ジルコニアとの決闘で負傷したラースの回収を部下に任せ、カイレンとラッカはラタに跨り、守備陣地後方の司令部へと急行していた。

彼らの背後では決闘を見守っていた兵士たちが大急ぎで引き返し始めており、アルカディア軍の守備陣地のあちこちから戦闘用意の号令が響いている。

そのうちに、どかん、というカノン砲の砲撃音が響き、狙われた地点の兵士たちの悲鳴がいくつも聞こえてきた。

ラッカはラースが狙われたのではと、青ざめて背後を振り返る。

「……なぜ、あんな遠くに攻撃を？」

自分たちがいた場所から遠く離れた場所で巻きあがる砂塵を目にし、ラッカが怪訝《けげん》な顔をする。

「当たり前だろ！　ラースを殺すつもりなら、ジルコニアがやってたはずだ！　くそ、あの女に一杯食わされた！」

憎々し気に吐き捨てるカイレン。

ラッカははっとして、彼に目を向けた。

「では、先ほど彼女を襲った矢は、あちらの自作自演であると？」

「それしか考えられねえだろ。俺らはハメられたんだよ」

「な、なんと……でも、自分たちで仕掛けたことだとしても、飛んでくる矢を掴むなんて芸当ができるものなのでしょうか？」

「……確かにな」

　カイレンが険しい表情で考え込む。

「あのラースが完全に力負けしてたし、いったいあの女はどうなってんだ？　まるで化け物みたいな動きをしてやがったし、人間業じゃねえよ」

「ウリボウの件といい、何が何やら分かりませんね……」

　そうして2人は走り続け、ラタを飛び降りると天幕に駆け込んだ。

　中では、ヴォラスをはじめとした元老院議員たちが、机に広げたバルベール全域の地図を囲んでいた。

「ヴォラス執政官！」

「カイレン将軍か。何やら敵の射撃兵器の発射音が聞こえるが……連中はジルコニアを殺されて、怒りに任せて攻撃を仕掛けてきたのか？」

　ヴォラスが顔を上げ、疲れた顔でカイレンを見る。

「……いや、ラースは負けてしまいました」

「何？　あのラース将軍が？」

ヴォラスが驚いた顔になり、他の議員たちもざわつく。

ラースの武勇は広く知れ渡っており、数々の決闘で蛮族の戦士や族長を打ち破ったというのは有名だった。

巨大な大剣を片手で振り回すほどの怪力の彼が細身の女性に敗北したとは、にわかには信じられない話だ。

「はい。ですが、ラースは負傷しましたが、命は取られずに済みました。他の兵士たちとともに、陣地へと引き換えしている最中です」

「……決闘だというのに、敵に見逃してもらったというのか？」

「はい」

頷くカイレンに、ヴォラスは深いため息を吐いて地図へと目を戻した。

呆れてものが言えない、といった雰囲気が、ありありと感じられる。

決闘に負けたのに見逃されるなど不名誉どころの話ではないので、カイレンとしてもその反応は予想済みだ。

それに、普段なら「バルベール軍の威光を汚した」と糾弾されてもおかしくない話ではあるが、今はそれどころではないのだ。

「まあ、軍団長が減らなかったというのならよしとしよう。蛮族への対応を急がねば」

「北の蛮族が大攻勢を仕掛けてきたと聞きましたが」

「うむ。和平条約を無視して、急に攻め入って来た。伝令からの報告によると、我が軍の国境守備軍はあちこちで後退を強いられている状況だ。2人とも、こっちに来てくれ」

ヴォラスがカイレンとラッカをうながし、隣に来させる。

地図に置かれた蛮族の軍団と守備軍を示す駒の配置を見て、カイレンとラッカは顔をしかめた。

「このとおり、アルカディア攻略のために軍団を引き抜いた箇所を集中して攻められた。こちらの防衛線は崩壊しつつある」

「なぜ、彼らは急に攻めてきたのでしょうか？」

ラッカが聞くと、ヴォラスは深いため息をついた。

「……確証はないが、アロンドが裏切ったとしか考えられん」

「アロンド？　アルカディアから寝返った、あの文官ですか？」

カイレンの問いに、ヴォラスが頷く。

「ああ。首都を出た時は我らの軍団に同行していたんだが、いつの間にか姿をくらませた。奴が蛮族領に入り込み、連中にこちらの状況を伝えて侵攻を煽《あお》ったのではと思うのだ」

「そんなバカな……」

「それをしようと、我が国に入り込んだと？　まるで、自分の命をなげうっているとしか思えないですよ」

カイレンとラッカの言葉に、ヴォラスが再びため息をつく。

「そうとしか考えられん。何しろ、情報が足りなすぎる。だが、急いで対応せねばまずい」

ヴォラスが２人に目を向ける。

「カイレン将軍。ラッカ将軍とラース将軍の軍団とともに、すぐさま北へと引き返して蛮族の迎撃を行ってくれ。グレゴルン領方面に張り付かせている海軍が、貴君らを援護する」

「い、いや、それではアルカディア攻略が立ちゆきませんよ？　先に砦《とりで》を落とすべきです」

「それは我らに任せておけ。攻略の算段は付いて――」

「カイレン！　ラッカ！」

ヴォラスが言いかけた時、すさまじい怒声とともに、ラースが天幕に駆け込んできた。

左手でカイレンの胸倉を掴み、ぐい、と自身の顔を近づける。

その後ろから、ティティスが慌てた様子で駆け込んで来た。

「てめえの指図か⁉　俺に恥をかかせやがって！」

「ぐっ⁉　が……はな、せ……」

「兄上、違います！　あの矢は、我々が撃たせたものではありません！」

「ラースさん！　やめてください！」

ティティスが体で割って入り、ラースの手を放させた。

「嘘を言うな！　ふざけた真似しやがって、2人ともぶっ殺してやる！」

「げほっ、げほっ、ち、違う。俺らはやってねえ」

「あれは、ジルコニアたちの自作自演です！　でなければ、飛んでくる矢を掴むなどできるはずがないではないですか！」

「何だと？」

ラースがラッカに目を向ける。

「どうして断言できるんだ？　あの女は、頬に矢で傷を負っていたぞ。あと少しで顔に刺さるところだった」

「だから、それも含めて自作自演だと言っているのです。傷はおそらく、自分で付けたものでは？」

「……」

ラースがその時のことを思い出し、「……なるほど」と頷いた。

確かに、矢は彼女の顔の少し前を飛んで来ていた気がする。

「……やってくれたな。あのクソ女、絶対に許さねえ！」

「あー、取り込んでいるところ悪いが」

そこに、ヴォラスの冷めた声がかけられた。

「貴君ら3人とも、すぐに北西に向かってくれ。蛮族どもを撃退し、増援の到着まで持ちこたえてほしい」

「あ？　何の話だよ？」

ラースがヴォラスを睨みつける。

その威圧感にヴォラスはたじろぎながらも、彼を見た。

「蛮族が和平を破り、全面攻勢をかけてきた。貴君らには、その対応に当たってもらう」

「ふざけたこと抜かすな！」

ラースのすさまじい怒声が、天幕内に響き渡る。

ヴォラスをはじめとした元老院議員たちが、ひっ、と身をすくめた。

「恥をかかされたまま、北に行けだと⁉　蛮族なんて知ったことか！　やるならてめえらがやればいいだろうが！」

「ラ、ラース将軍。気持ちは分かるが、事は急を要するのだ」

「俺らじゃなくても代わりはいくらでもいるだろうが！　どうして俺らが――」

「ヴォラス執政官。私も、カイレン将軍たちを北に送るのには反対です」

それまで黙っていたもう1人の執政官、エイヴァーが口を開いた。

「カイレン将軍らの軍団は、我が軍における最精鋭です。今引き抜くわけにはいきません」

「引き抜いたとしても、この地には10個を超える軍団が残るのだぞ。それで十分ではないか」

突然のエイヴァーの反論に、ヴォラスが困惑顔になる。

「これ以上カイレンに手柄を立てさせるわけにはいかない」と首都で以前話したではないかと内心思うが、さすがにこの場では口には出せない。

「いいえ。彼らを引き抜けば、ただでさえ下がり気味な我が軍の士気はさらに下がってしまうでしょう。早期に砦を陥落させるためには、彼らの存在が必要不可欠です」

「む……」

確かにエイヴァーの言うとおり、攻略軍の士気が下がり気味なのは確かだ。何度も攻撃に失敗し、あげくの果てにジルコニアとの決闘にまでラースが敗れたとあっては、戦意を高く保てというほうが無茶な話である。

「カイレン将軍は、一度砦を陥落させたという実績があります。次の攻撃では、彼に全軍の指揮を執らせるというのはいかがでしょうか？」

思いもよらぬ提案に、ヴォラスがぎょっとした目をエイヴァーに向ける。

他の議員たちも同じように、彼を見た。

「無論、名目上は執政官である我らが指揮を執るという周知はしたままです。司令部に彼を組み込み、その知恵を借りようという話ですよ」

「ううむ。しかしだな……」

「カイレン将軍、それでかまいませんか？」

ヴォラスが返事を渋る間に、エイヴァーはカイレンに話を振った。

「え、ええ。私はそれでかまいません」

「決まりですね。改めて、北方へ引き抜く軍団の選定を行いましょうか」

「こ、こら、エイヴァー執政官！　何を勝手に決めておるのだ！」

「ヴォラス執政官、我らは今、窮地に立たされているのです」

エイヴァーがヴォラスに、睨むような視線を向ける。

「ここで再び我らがアルカディア軍に敗れるようなことになれば、プロティアとエルタイルが同盟国側として参戦してくるかもしれません。砦を奪取するため、余計な考えは捨てて最適な配置で臨むべきです」

「ぐ……」

ヴォラスが顔をしかめて唸《うな》る。

「次の攻撃では、勇猛で知られる彼らに先陣を切ってもらえば、怒涛の勢いで砦を攻めることができましょう。どうですか？」

エイヴァーが言うと、ヴォラスははっとした様子で彼を見た。

暫しの沈黙ののち、こくりと頷いた。

「……分かった。ただし、カイレン将軍」

ヴォラスがカイレンに鋭い視線を向ける。

「くれぐれも、勝手な真似はしないと約束してほしい。お互い、腹の中に抱えるものはあるだろうが、今はすべて忘れて協力するのだ」

「もちろんです。国のために全力を尽くします」

カイレンは頷き、ラッカとラースを見た。

「お前らも、それでいいな?」

「え、ええ。異論はありません」

「ったく、当たり前の話だろ。この手で奴らをぶち殺してやらなきゃ、収まりがつかねえ」

ラッカとラースが頷く。

エイヴァーはそれを見て、ほっと息をついた。


「カイレン将軍」

ひととおりの軍議を終えてカイレンたちが自分たちの陣営に戻って来ると、ラタに跨ったエイヴァーが駆け寄って来た。

「おお、エイヴァー執政官。先ほどは助かりましたよ」

カイレンがにこやかに礼を言う。

「危うく、また北方に追い払われるところでした。恩に着ます」

「いえいえ、砦を落とすためには、あなたがたの力は絶対に必要ですから」

エイヴァーはそう言うとラタを降り、カイレンの背にそっと手を添えてその場から少し移動した。

「カイレン将軍、あなたの言っていた以上に、連中は腐っています。このままでは、我が国の兵士に甚大な被害が出てしまいます」

「砦攻めのことですか？」

「はい。以前、あなたの軍団が……」

エイヴァーがもう一度周囲を確認し、カイレンに顔を近づける。

「あなたの軍団は、砦で毒の煙に巻かれたことがあったでしょう？　連中は、それを密かに量産していました。次の攻勢で、敵の反撃を厭わずにそれを使うつもりです」

エイヴァーの言葉に、カイレンは目を見開いた。


時をさかのぼること数時間。

アルカディア軍の守備陣地では、一良《かずら》たちがティタニアの言葉を代弁するコルツから、蛮族による全面攻勢の話を聞いていた。

「大きな戦いって……ティタニアさん、それって、蛮族側がバルベールに攻め込んだってことですか？」

一良《かずら》がティタニアに聞くと、彼女はこくりと頷いた。

彼女は背に乗っているコルツに振り向き、彼に何やら伝えている様子だ。

「あ、そうか。言葉が……ナルソンさん、どこか人のいないところに――」

「少々お待ちを。今は敵を1人でも多く倒さねば」

言いかける一良《かずら》をナルソンは制し、無線機の送信ボタンを押した。

「カノン砲部隊に通達。ラース将軍が戻った場所は避けて、後退する敵兵の固まっているところを狙って撃ちまくれ。予定通り、敵が投石機を設置していた場所を越えたら砲撃を中断しろ」

ナルソンが指示を出し、防壁を見上げる。

防壁上に設置されたカノン砲の傍にいるニィナたちが、片手を上げて了解の返事をした。

すでに照準を合わせていたようで、どかん、とカノン砲が轟音を響かせて砲撃を開始する。

ひゅんっ、と音を響かせて砲弾は直進し、後退する敵兵の真っただ中に着弾した。

そこかしこで数名の敵兵が手足を吹き飛ばされ、その場に昏倒する。

砲撃範囲を限定したのは、射程距離を敵に誤認させるためだ。

そこまでなら安全、と敵に思い込ませておいて、次の戦いで敵の司令部が前進してきたら、司令官を狙い撃ちする予定である。

「騎兵隊へ通達。両翼より敵を挟み込め。白兵戦は避け、投げ槍《やり》のみで攻撃せよ。逃げる敵を中央に密集させるように仕向けるんだ」

ナルソンの指示とともに、丘の上で待機していた騎兵隊が一斉に駆け出して行く。

ナルソンはそれを見届け、一良《かずら》に目を向けた。

「カズラ殿、申し訳ありません。私は指揮を執りますので、そちらはお任せしてもよろしいでしょうか？」

「あ、はい。ええと……」

「カズラ様、お姉ちゃんが、『背中に乗ってください』って言ってるよ」

コルツがミュラと一緒に、ティタニアの背から飛び降りて言う。

「ん、そっか。それじゃ、失礼して」

「あ、あの！　私も一緒に行かせてもらえませんか？」

バレッタが言うと、ティタニアはこくりと頷いた。

「リーゼも来るか？」

「ううん。私はお父様の指揮を見てるよ」

リーゼは一良《かずら》に答え、バレッタを見た。

「バレッタ、カズラのことお願いね」

「はい！」

にこりと微笑むリーゼに、バレッタがしっかりと頷く。

伏せたティタニアの背に、2人は跨った。

「ティタニアさん、納骨堂へ行きましょう。あそこなら誰もいないと思います」

ティタニアはこくりと頷き、砦の中へと駆け出した。

兵士や使用人たちの視線を浴びながら、カズラとバレッタを乗せた漆黒のウリボウが通りを走る。

砦内にウリボウがいることに皆は慣れてしまっているようで、特に驚く者はいないようだ。

あちこちから、「真っ黒だ」とか「オルマシオール様だって話だぞ」といった声が聞こえてくる。

しばらく走り、納骨堂の前に到着した。

一良《かずら》とバレッタはティタニアの背から降り、扉を開いて中へと入る。

ティタニアも、その後に続いた。

「まあ。ここの魂は残ったままなのですね」

一良《かずら》とバレッタが振り返ると、すでに人の姿になったティタニアが立っていた。

彼女は後ろ手に扉を閉めており、壁際に備えられた遺骨入りの棚を眺めている。

「えっ？　そうなんですか？」

「ええ。強い憎しみと悲しみに満ちています。すぐに送ってあげますね」

ティタニアが目を細める。

すると、棚から無数の光の玉が浮き上がり、ふっと消えた。

「ありがとうございます。そういえば、砦の中央にある慰霊碑の下にも遺骨が埋まってるらしいんです。後でお願いできますか？」

「分かりました。後ほど、やっておきますね」

「ティタニア様、バルベールの北方での件ですが……」

バレッタが口を挟む。

「はい。あちこちで大規模な戦いが起こっているようですよ」

「北方の蛮族が全面攻勢をかけたのですか？」

「そのようですね。11年前とまったく同じ光景だと、見てきた子が言っていたので」

「ふむ。でも、どうしていきなり……バルベールは彼らと和平を結んでるって話だったのに」

一良《かずら》が怪訝そうに首を捻る。

バルベールは蛮族と和平を結び、それが確固たるものと判断したからこそアルカディアに攻め込んできたはずだ。

それにもかかわらず蛮族が攻め込んだとなると、考えられる理由は――。

「バルベールがこっちに全力で攻めていることを、彼らは把握してるってことですかね。それで、今がチャンスだと判断して攻撃を仕掛けたとか」

「私もそう思います。北方の部族はバルベールに間者《かんじゃ》を潜り込ませてるんじゃないでしょうか」

バレッタが一良《かずら》の意見に同意する。

「おそらく、彼らはバルベールの中枢にまで間者を送り込むことに成功しているのでは？　でなければ、こんなタイミングで攻撃を仕掛けることなんてできないと思います」

「ですよね……相当しっかりと情報を得てなくちゃ、そんな真似……って、重要なことを聞き忘れてた」

一良《かずら》がティタニアに目を向ける。

「その戦闘の状況って、どんな感じかは分かります？」

「いくつかの場所では、バルベール軍は1日で敗北して後退しているようですね」

「えっ!?」

「たった1日で負けたんですか？　あのバルベール軍が？」

驚く一良《かずら》とバレッタに、ティタニアが頷く。

「ええ。国境を守備していた部隊のいくつかがこちらに向かっているようなのですが、彼らは戦力が減った部分を集中的に狙って攻め込んだようです」

そう言われ、一良《かずら》は数日前にオルマシオールと話した内容を思い出した。

あの時、彼は「北の国境付近に点在している部隊のいくつかが砦に向かって来ている」と言っていた。

蛮族は、それらの情報を把握しているということだろう。

でなければ、そのような的確な攻撃はできないはずだ。

「なるほど……ということは、今バルベールは大ピンチってわけですね。攻め込むなら今か」

「……カズラさん、それをするなら、タイミングがかなり重要になってくると思いますよ」

「タイミングというと？」

「バルベールとしては、北方の部族から全面攻勢を受けているという情報が私たちに伝わることは、絶対に避けたいはずです。なので、彼らの取れる行動は隠密裏に北に軍を割くか、一挙にこの砦を落とすかの２択になります」

なるほど、と一良《かずら》が頷く。

「ふむ。しかも、彼らには時間がないんですもんね」

「はい。そのうえ、北方の守備軍がいくつか敗北しているとあっては、かなりの戦力をそちらに回す必要が出てきます。新しく軍団を新設するには時間がかかりすぎるはずですから、ここに張り付いている軍を送らないとバルベール国内は大変なことになります」

「バレッタさんとしては、彼らはどう動くと思います？」

「私が彼らの司令官なら、こちらに気取られないように軍を間引きして北に向けますね。そのうえで、砦への大掛かりな攻撃準備を装って、警戒させて時間を稼ぎます」

「それって、何カ月っていう長期間ってことですよね？」

「はい。なので、小競り合い程度の牽制攻撃はしてくると思います。その間に部族の攻撃に対応しつつ、新たな軍団を大量に新設するしか手はないんじゃないでしょうか」

　バレッタがそう言った時、２人の腰の無線機からノイズが響いた。

『ナルソンです。こちらはひと段落着きました。敵軍は今のところ、攻撃を仕掛けてくる様子はありません。どうぞ』

「カズラです。それなら、一度皆で宿舎に集まりましょう。ティタニアさんからの報告をお話しするので。どうぞ」

『かしこまりました。すぐに向かいます。通信終わり』

　一良《かずら》が無線機を腰に戻す。

「それじゃ、俺たちも宿舎に行きましょうか。ティタニアさんも来てくれますか？」

「分かりました」

　ティタニアは答えると、一良《かずら》とバレッタが瞬《まばた》きしたと同時に、一瞬にしてその姿が黒いウリボウの姿に戻った。

「むう……変身する瞬間を見ようと思ったのに、さっぱり分からねぇ……」

「どういう仕組みなんですかね……」

「意識にも作用しているので、見ていても分からないと思いますよ」

　２人から数センチの場所で一瞬で人の姿に戻ったティタニアに、２人が「わあ⁉」と驚いてのけ反る。

ティタニアはくすくすと笑うと、再びウリボウの姿に一瞬で戻った。

「び、びっくりした……」

「く、くそ、俺は何回驚かされればいいんだ……」

『さあ、行きましょうか』

ティタニアにうながされ、2人はまた驚かされるんじゃないかと警戒しながらも扉へ向かうのだった。

宿舎の会議室に集まったアルカディア首脳陣は、一良《かずら》からティタニアが語った内容を伝え聞かされていた。

北方の蛮族が全面攻勢をかけ、バルベール軍守備隊のいくつかが敗北したという話をすると、その場にいた者たちからどよめきが起こった。

「これは好機だぞ！　すぐにでも攻撃を仕掛け、この場に奴らを釘付けにするべきだ！」

「うむ！　蛮族の連中には、バルベール国内で好き勝手に暴れてもらおう！　懐深く攻め込ませれば、あの広い国土だ、連中は手が回らなくなるだろうからな！」

意気込むミクレムとサッコルトに、ナルソンが「ふむ」と腕組みして唸る。

「カズラ殿、こちらに向かっているバルベール軍の数と現在位置は分かりますでしょうか？」

「数と位置、ですか」

すぐ隣にちょこんと座っているティタニアに、一良《かずら》が目を向ける。

ティタニアは少し考えた後、前足で床を、ちょん、ちょん、ちょん、と3回叩いた。

「ええと……こっちに向かって来ている軍団は3つってことですか？」

一良《かずら》の問いかけに、ティタニアが頷きかけて動きを止めた。

ちょん、ちょん、と再び床を二度、前足で叩く。

「ん？　こっちに向かって来てる軍団は２つ？」

ティタニアが頷く。

そして、今しがた叩いた場所から少し離れた床を前足で一度叩いた。

「もう1個軍団は別の動きってことですか？　どこへ向かってるんです？」

ティタニアが腰を上げ、トコトコと歩いて一良《かずら》の斜め向かいに座っているクレイラッツ軍司令官、カーネリアンの後ろに回った。

後ろ足で立ち上がり、ぽん、と片方の前足をカーネリアンの肩に置いた。

カーネリアンはぷるぷると震えて冷や汗を流しながら、表情を引き攣らせている。

「クレイラッツに向かってるってことですね？」

ティタニアがこくりと頷き、一良《かずら》の下に戻って来る。

ルグロが「ぷっ」と小さく噴き出し、皆の視線を浴びてわざとらしく咳払いをした。

「ティタニア様の通訳が必要だな。俺、ちょっくら子供らを呼んでくるわ」

「あ、それでしたら私が呼んできますので」

バレッタが席を立ち、部屋を出て行く。

すると、ティタニアも彼女の後を追って一緒に部屋を出て行った。

カーネリアンが閉まった扉を見つめ、むう、と唸る。

「カズラ殿は、あの獣と言葉を交わすことができるのですか？」

「こ、こら！　ティタニア様を獣と呼ぶなど、失礼ではないか！」

「今すぐ訂正なされよ！　地獄行きになりたいのか⁉」

ミクレムとサッコルトがカーネリアンを怒鳴る。

「し、失礼しました……カズラ殿は、ティタニア様と言葉を交わすことができるので？」

「人が多いところでは無理ですけどね。少人数でなら、彼女は人とも話すことができるみたいなんです」

「そうなのですか……ううむ、いまだに信じられません……」

「信じる信じないではなく、ティタニア様は真の神なのだ。悪いことは言わないから、崇拝しておけ」

真面目な顔で言うミクレムに、サッコルトが深く頷く。

「そうだぞ。それと、今後は汚職などは絶対にしないようにな。悪事を働けば、必ず地獄行きになるぞ」

「いえ、私は今までそういったことは何一つ……サッコルト殿は違うのですか？」

カーネリアンの問いかけに、サッコルトが「うっ」と呻《うめ》く。

皆の視線が、彼に集まった。

地獄の動画を彼らに見せた際、一良《かずら》は彼らから今まで行った悪事を洗いざらい白状されている。

２人ともなかなかにえげつないことをいくつもやっており、ルグロとはえらい違いだ、と一《かず》良《ら》は内心驚いた記憶がある。

今では私財をなげうって、徳を上げるべく慈善事業に必死になっていると一良《かずら》は聞いている。

「そ、それよりも今は、バルベールに対する戦略を決めましょう。私の考えを述べさせていただいてもよろしいですかな？」

ナルソンが助け舟を出し、皆の視線を集める。

一度止まってしまった会議が、再び進みだした。

第2章　奇跡の行使

会議室を出たバレッタは、ティタニアとともにルグロ一家の部屋へと向かっていた。

小走りで廊下を進むバレッタの横を、てってっと軽快な足取りでティタニアが並走する。

「すみません、ティタニア様にまで付いてきてもらってしまって」

『いえいえ。私も外の空気が吸いたかったので』

ティタニアがバレッタを見上げて、念話で話す。

廊下には警備兵がぽつぽつといるだけなので、会話は可能なようだ。

『どうにも、人が多いところは疲れてしまいますね。皆さん、私のことをチラチラ見てきますし』

「あはは……ミクレム様とかはティタニア様を神様だと思っていますし、仕方がないですよ。心象を良くしておかないと、死んだ後の処遇に影響するって考えてると思いますし」

『死んだ後の処遇？　どういうことです？』

「えっと、この国を一枚岩にするためにカズラさんが考えた方法で――」

バレッタがそう言いかけた時、廊下の向こうから巨大な白いウリボウ――オルマシオール――が歩いてきた。

「あ、オルマシオール様」

『少しいいか』

オルマシオールがバレッタたちの前で立ち止まる。

『今日の深夜、慰霊碑まで来てくれ』

「慰霊碑に？　それはかまいませんが……どうしてですか？」

『お前の母親が、お前に別れを告げたがっている。最後に会ってやれ』

「……え？」

オルマシオールがティタニアに目を向ける。

『というわけだ。バレッタが来るまで、あそこの魂を天に送るんじゃないぞ』

『まあ。あそこに彼女の母親がいるのですか。よく気づきましたね？』

『砦の内外含めて、同じ匂いのする魂をあちこち探し回ったんだ。もしかしたらまだ、この地に残っているかもしれないと思ってな』

オルマシオールがバレッタを見る。

『しばらく前に、「母親の記憶がなくなってしまった」と言っていただろう？』

「え……どうしてそれを」

以前、バレッタは砦の防御塔で一良《かずら》にその話をしたことがあった。

あの時は、周囲に誰もいなかったはずなのだが。

『ぽつんと1人でいるお前が気になってな。遠くから見ていたんだ』

『ふふ。彼、いつもバレッタさんを見守っていたんですよ』

ティタニアがくすくすと笑いながら言う。

『約束どおり森を守ろうとしてくれていることに、すごく感謝しているんです。だから、あなたのことは自分が守らないとって』

『こら、余計なことを言うんじゃない』

『いいじゃないですか、隠すようなことでもないでしょう?』

『気を遣わせてしまうだろうが。まったく、考えなしにも程があるぞ』

オルマシオールが顔をしかめて言う。

そして、再びバレッタに目を向けた。

『失ってしまった記憶を、取り戻せるかもしれん。忘れてしまったままでは、あまりにも悲しいからな』

オルマシオールはそう言うと、踵を返して歩き出した。

『どこに行くのですか?』

『外で子供らを待たせているんだ。まったく、村から出てやっと解放されたと思ったら、こちらでも遊び相手になってやらねばならんとは。しんどくてかなわん』

『楽しんでるくせに』

『うるさい』

くすくすと笑うティタニアに憮然とした様子で答え、オルマシオールは去って行った。

動揺した様子のバレッタに、ティタニアが顔を向ける。

『バレッタさん、大丈夫ですか？』

「は、はい……」

『さあ、子供たちを迎えに行きましょう。ルルーナさんたち、部屋にいるといいのですが』

ティタニアが歩き出す。

バレッタは慌ててその後を追った。

数十分後。

ルルーナとロローナの通訳で、首脳陣はティタニアからバルベール軍の動きの詳細を説明されていた。

「北方のバルベール軍は各所で劣勢、か」

ナルソンが唸る。

バルベール軍は北方すべての戦域で劣勢を強いられており、蛮族の攻撃は苛烈をきわめているとのことだ。

突然の大規模な攻撃に、バルベール軍は各所で大混乱に陥《おちい》っているらしい。

「ナルソン、バルベールを崩壊させるチャンスよ。こちらも全面攻勢に出て、蛮族と挟み撃ちにするべきだわ」

ジルコニアの進言に、ミクレムとサッコルトが大きく頷く。

「奥方の言うとおりだ！　蛮族が勢いに乗っているうちに、こちらからも攻撃を加えてバルベールの連中を釘付けにするべきだ！」

「うむ！　蛮族は欲望のままに連中の街や村を襲って回るだろうからな。滅茶苦茶に暴れさせてやれば、いくらバルベールとはいえ手の打ちようがあるまい。奴らが弱ったところを、こちらも一気に畳みかけてやればいい！」

「……なあ、本当にそれでいいのか？」

ルルーナとロローナを膝に乗せたルグロが、ミクレムとサッコルトに言う。

ルルーナとロローナは、部屋から持ってきたプリンとゼリーをそれぞれ食べていた。

「蛮族連中に暴れさせてバルベールを挟み撃ちにしたとして、その後はどうすんだ？　もし蛮族がバルベールの首都を占領したら、今度は俺らが蛮族と戦うことになるんじゃねえか？」

「そうなるかもしれませんが、今はバルベールを倒すことが先決です。奴らは我らの仇敵ですぞ」

「敵の敵は味方と言うではないですか。ここは蛮族の動きに呼応するのが上策です」

ミクレムとサッコルトの意見に、ルグロが「うーん」と唸る。

「殿下は、今バルベールを攻撃するべきではないとお考えですか？」

ナルソンがルグロに聞く。

「いや、そういうわけじゃないんだけどよ。その先が心配なんだよ。俺たち、いつまで戦い続ければいいんだ？」

ルグロがルルーナとロローナの頭を撫でる。

「この状況を上手いこと利用すれば、戦争を終わらせられるんじゃねえか？　ある程度戦ってから、バルベールと和睦するとかさ」

「「なっ⁉」」

ミクレムとサッコルトがぎょっとした声を上げる。

カーネリアンや他の軍団長たちも、驚いた顔でルグロを見た。

「何をおっしゃるのですか！　奴らと和睦など、できるわけがありません！」

「我らが今までどれだけ苦汁を飲まされてきたか……！　そのようなことを口にするべきではありませんぞ！」

憤慨する2人に、ルグロの膝の上のルルーナとロローナがびくっと肩をすくめる。

「大声出すんじゃねえよ。2人が驚くだろうが」

「あ、いや、そんなつもりは……」

「も、申し訳ございません。ですが、この戦いはどちらかが滅ぶまで終われない戦いで——」

「あの、バレッタさん」

一良《かずら》はサッコルトが話すのを横目に、バレッタに小声で話しかけた。

先ほどからバレッタは心ここにあらずと言った様子で、物憂げな表情で口を閉ざしている。

「あ、はい。何ですか？」

「戻ってきてから様子がおかしいような気がして……何かあったんですか？」

「……オルマシオール様が、今夜、母に会わせてくれるって」

「母って……バレッタさんの？」

怪訝な顔をする一良《かずら》に、バレッタが小さく頷く。

「はい。母が私に別れを告げたがっているからって……」

バレッタが背後で座っているティタニアをちらりと見る。

一良《かずら》もその視線を追うと、ティタニアはにこりと微笑んで頷いた。

「深夜に、慰霊碑にまで来るようにって。そこで母に会わせてくれるらしいんです」

「慰霊碑に、バレッタさんのお母さんがいるんですか？」

「だと思います。あそこには、11年前の戦いで亡くなった戦死者の遺骨が埋められているので」

「そっか……」

「あの……」

バレッタがうつむきながら一良《かずら》を見る。

「今夜、カズラさんも一緒に来てくれませんか？」

「もちろんいいですよ。俺も、バレッタさんのお母さんにご挨拶《あいさつ》したいですし」

「——私の考えを言ってもよろしいですかな？」

一良《かずら》とバレッタが小声で話していると、ナルソンが声を上げた。

くどくどとルグロに説教をしているサッコルトが口を閉ざす。

「バルベールを叩くなら今、という意見には私も賛成です。ですが、全面攻勢をかけるとなるとこちらもかなりの被害が出るでしょう」

「それは仕方のないことだろう。戦いとは、そういうものだ」

サッコルトの言葉に、ナルソンが頷く。

「はい。となると、それに見合った戦果が必要になります。敵の補給を遮断して干上がらせる、というのはいかがでしょう？」

「干上がらせる？　いったいどうやるというのだ？」

怪訝な顔になるサッコルト。

他の面々も、「どうやって？」といった表情になっている。

「奴らの背後にあるムディアの街を襲うのです」

ムディアは、バルベールの南方にある大規模な穀倉《こくそう》地帯を有した巨大な街だ。

アルカディアやクレイラッツへ向かう軍への最大補給拠点でもある。

「クレイラッツ国内にいる軍団をすべて投入し、国境を越えさせてムディアを強襲し奪い取るのです。補給さえ絶ってしまえば、あの大軍を維持することは不可能です」

「……我が国の兵に、死ねと申されるのですか」

カーネリアンが険しい表情で、ナルソンを見つめる。

「今やらねば、このような機会は今後二度と訪れません。クレイラッツ国境の先にあるムディアを押さえれば、ここにいる敵軍の補給は完全に止まります。今なら、貴国の国境にいるバルベール軍はたったの2個軍団です」

ティタニアたちからの報告で、バルベール軍の位置と数はおおむね把握できている。

各地の国境付近で睨みを利かせているバルベール軍は、強固な軍団要塞《ようさい》を建造して攻撃に備えているとのことだ。

防御を固めた軍団要塞を攻撃するとなると、カタパルトのような大型攻城兵器を持たないクレイラッツ軍は苦戦を強いられることになるだろう。

ナルソンが少し身を乗り出し、カーネリアンを見つめる。

「クレイラッツが総力を挙げて攻撃すれば、撃破は可能では？　蛮族が動いたことで、バルベールはクレイラッツ方面へ援軍を出す余力はありません。ムディアを陥落させ、ここにいる敵軍が撤退を始めたら、執拗に追撃して戦力を削り取るのです」

「我が国から攻撃を仕掛けても、ここにいるバルベール軍はムディアに取って返すでしょう。とても上手くいくとは思えません」

「敵の伝令をすべて仕留めて、情報を遮断すれば可能です」

ナルソンが言い、ティタニアを見る。

「何？　まさか、ウリボウたちにそれをやらせるのか？」

サッコルトが戸惑《とまど》った様子で言う。

「彼らなら、それが可能かと。ティタニア様、お願いできませんでしょうか？」

「ナルソン様、ティタニア様が『分かりました』とおっしゃっています」

「食べ物を用意してほしい、ともおっしゃっていますよ」

ルルーナとロローナがティタニアの言葉を伝える。

サッコルトたちが「おお」と声を漏らした。

「承知いたしました。カズラ殿、食べ物についてはお任せしても？」

砦にいるウリボウたちには地球産の食べ物を与えており、すでに10日が経過している。

今までの経験上、身体能力の強化には2週間ほどかかるということが分かっているので、間もなく強化が完了する頃合いだ。

この世界最大最強の猛獣の身体能力が強化されたとなれば、まともに戦って敵う人間はいないだろう。

食べ物の効能についてはティタニアたちには話していないので、後で説明してやらねばならない。

「構いませんが……カーネリアンさん、今の話で大丈夫ですか？」

皆の視線がカーネリアンに集まる。

「……やるしか、ありませんか」

カーネリアンが呻くように答える。

クレイラッツの他の指揮官たちも、沈痛な面持ちで頷いた。

大まかな方針が決まり、一良《かずら》、バレッタ、リーゼ、ティタニアは廊下に出た。

他の者たちは今後の詳細を詰めるとのことで、会議室に残っている。

『それでは、私は2人を部屋に送ってきますので』

ティタニアはそう言うと、ルルーナとロローナを背に乗せて去って行った。

「うーん。相変わらず、すごい眠気」

一瞬だけ襲った眠気に、リーゼが顔をしかめる。

「そんなにか。俺たちみたいに、慣れたりしないのか？」

「前よりはマシな気がするよ。今のは、1人で立っていられたし」

リーゼが一良《かずら》を見る。

「それよりさ。さっき、２人で何の話をしてたの？」

「えっと……」

一良《かずら》がバレッタに目を向ける。

「……今夜、ティタニア様が、慰霊碑で母に会わせてくれるんです」

「母って……バレッタのお母さん？」

「はい。あそこに、母がいるらしくて――」

会議室で一良《かずら》に話した内容を、バレッタがリーゼに説明する。

「えっ、お母さんの記憶がないの？」

「はい……」

驚くリーゼに、バレッタが暗い顔で頷く。

「……何も、思い出せないんです。忘れてしまうほど、私は幼くなかったのに」

「そう……」

「……私、父に話してきます」

バレッタは２人を見ずにそう言うと、とぼとぼと歩いて行ってしまった。

「……バレッタがお母さんに最後に会ったのって、何年前なの？」

去って行くバレッタの背を見つめながら、リーゼが言う。

「うーん……女性まで動員されてた頃だから、戦争終盤じゃないか？　年数でいうと、今から

6、7年前とか」
以前見た資料を思い起こしながら、一良《かずら》が言う。

休戦前の戦いでは、アルカディアは終盤になって戦力が枯渇《こかつ》してしまい、女性や老人まで動員したと記されていた。

国内すべてというわけではなく、前線に近いイステール領とグレゴルン領でのことだ。

バレッタが最後に母親の顔を見たのは、9歳か10歳といったところだろう。

「そっか……」

リーゼがつらそうにつぶやく。

「どうした？」

「……バレッタ、どうして私たちのことを責めないのかなって思って」

「え？」

一良《かずら》がきょとんとした顔になる。

「責めるって、どうしてだ？」

「だって、あの娘のお母さんが死んじゃったの、イステール家のせいだもん。私たちのことを憎んでたって、おかしくないのに」

「いや、それは違うんじゃないか？　戦争だったんだし、バルベールが攻めてこなかったらそんなことにはならなかっただろ？」

リーゼが一良《かずら》を見る。

「皆、国を守るために必死だったんだ。こう言っていいのかは分からないけど、仕方のないことだったんだと思う。バレッタさんだって、そう思ってるはずだよ」

「……ありがと。カズラは優しいね」

「いや、優しいとか、そういうことじゃなくて……」

寂しそうに微笑むリーゼに、一良《かずら》は困り顔になった。

リーゼを気遣って言った言葉ではなく、本心からそう言ったのだが。

「私たち統治者は、すべての民の命に対する責任があるの。仕方がないとか、そんなふうには思えないよ」

「リーゼ……」

「死んじゃった人にとっては、私たちの理屈なんて関係ないもん。国を守るためって言われて無理やり徴兵されて、戦いたくなんてないのに戦わされて、名前も知らない相手に殺されて。そんなの、あんまりだよ」

「……」

暗い顔で言うリーゼにかける言葉が見つからず、一良《かずら》が押し黙る。

彼女の言っていることは確かにそのとおりだが、統治する者がそこまで考えを巡らせる必要があるのだろうか。

屋敷にいる者たちは皆、リーゼは将来優れた領主になると期待しているが、ひょっとすると、彼女は統治者にはまるで向いていない性格なのかもしれない。

「割り切らなきゃいけないってことは分かってるんだけどね……どうしても考えちゃうの」

「……そんなふうに考えてくれるから、皆がリーゼのことを慕《した》うんだよ」

一良《かずら》がリーゼの頭をぽんぽんと撫でる。

「でも、考えすぎはよくないぞ。どうしても考えちゃって凹むっていうなら、俺にいくらでも愚痴れ。酒でも飲みながら、何時間だって聞くからさ」

「……前に、私がカズラに言ったことと同じだね」

以前、アロンドが姿を消した後に、落ち込んでいた一良《かずら》をリーゼは明るく慰めてくれたことがあった。

そのおかげで、一良《かずら》は後ろ向きな考えを振り払うことができたのだ。

「うん。あの時はリーゼのおかげで、本当に救われたからさ。そのお返しだよ」

一良《かずら》が言うと、リーゼは少しうつむいた。

「……もし、どうしても、嫌になっちゃったらさ」

「……」

一良《かずら》が黙って続きを待つ。

数秒してリーゼは顔を上げ、にこりと微笑んだ。

「ううん。やっぱり今のなし」

「何だか疲れちゃった。外に出てお茶しない？　エイラとマリーも呼んでさ」

「……うん」

「そうだな。着替えてから、行くとするか」

２人で部屋へと向かい、廊下を歩く。

全部投げ出してしまえばいい、と以前リーゼに言われたことを、一良《かずら》は思い出していた。

同じ言葉をかけてあげられれば、とも思ったが、彼女の背負っているものを思うと、どうしてもそれは言えなかった。

――でも、もしリーゼがそう言ったら――。

「カズラ」

前を見て歩きながら、リーゼが一良《かずら》の名を呼ぶ。

「ありがと。何も言わないでいてくれて」

「……うん」

それから、２人は黙って廊下を歩いた。

リーゼはどこか寂しげだが、それでいて嬉しそうにも一良《かずら》には見えた。

その日の深夜。

一良《かずら》はバレッタの部屋の前にやって来ていた。

――バレッタさん、大丈夫かな……。

あれから、バレッタはずっと暗い表情のままだった。

兵器の整備や食事作りは普段通りに行っていたのだが、あまりにも暗い様子の彼女を心配した侍女《じじょ》や兵士が、一良《かずら》に直接報告に来たほどだった。

コンコン、とノックをすると、すぐに扉が開いてバレッタが出てきた。

「そろそろ、行きますか？」

「……はい」

今朝と同様に、暗い顔でバレッタが頷く。

「どうしよう……私、本当に何も思い出せないんです……」

「そっか……バリンさんも来るんですよね？」

「はい……慰霊碑の前で、落ち合うことになっています」

バレッタが扉を閉め、とぼとぼと歩き出す。

一良《かずら》も彼女に寄り添い、廊下を進んだ。

そのまま宿舎の玄関まで来ると、人の姿のティタニアが待っていた。

例のごとく、見張りの警備兵が2人、槍を杖にしてこっくりこっくりと船を漕いでいる。

彼女は一良《かずら》たちの姿を見ると、にこりと微笑んだ。

「お待ちしていました。行きましょうか」

バレッタが声をかける。

「……あの、ティタニア様」

歩き出そうとするティタニアに、バレッタが声をかける。

「私、本当に何も思い出せなくて……どうすればいいのでしょうか」

「大丈夫。きっと思い出せます。安心してください」

不安な顔をしているバレッタにティタニアは微笑み、歩き出した。

彼女に続くかたちで、一良《かずら》とバレッタは宿舎を出て慰霊碑へと向かう。

真夜中の砦はしんと静まり返っており、時折見かける見張りの兵士は皆が立ったまま眠りこけていた。

しばらく歩き、大きな石盤の慰霊碑が見えてきた。

慰霊碑の前で座っているオルマシオールと、その隣で石盤を見つめているバリンの姿があった。

「お父さん」

「ああ、来たか」

バリンが振り向き、バレッタに微笑む。

「カズラさんも来てくださったのですか」

「はい。あの、お邪魔なようでしたら引っ込んでいますが……」

「いやいや、カズラさんは家族も同然です。ぜひ妻に会ってやってください」

「お父さん、眠気はないの？」

バレッタが不思議そうにバリンの顔を見る。

「ん？　眠気なんてないぞ。どうしてだ？」

「他の人は皆、ティタニア様が人の姿だと眠くなっちゃうんだけど……」

バレッタがティタニアを見る。

「おお、人の姿になるとは聞いていましたが、あなた様が……」

恐縮して頭を下げるバリンに、ティタニアが微笑む。

「バリンさんはバレッタさんと魂がそっくりですからね。2人でいれば、互いの結びつきで意識の綻びも起きにくいのでしょう」

「はあ、そういうものなのですか」

よく理解できていないながらも、バリンが頷く。

『さて、始めるとしよう』

オルマシオールが1つ、遠吠えをする。

すると、地面から無数の光の玉が浮かび上がった。

周囲を明るく照らすほどの数百、数千とも思えるほどの光の玉に、バリンが小さく「うわ！」と驚いた声を上げる。

『ティタニア、他の者は先に送ってやれ』

「はい」

ティタニアが目を細める。

ふわふわと浮いていた光の玉が、1つを残してふっと消えた。

1つだけ残った光の玉を、オルマシオールがじっと見つめる。

『うむ。傍に行くがいい。思い残すことのないようにな』

オルマシオールが言うと、その光の玉はバレッタとバリンの下へとゆっくりと近づいた。

ふよふよと浮かぶそれを、バレッタとバリンは困惑した様子で見つめる。

「シ、シータなのか？」

バリンが光の玉に話しかける。

それに答えるように、光の玉はバリンの周囲をくるくると舞った。

途端に、バリンの瞳《ひとみ》から涙が溢れた。

「すまないっ！　あの時、私が傍にいてやれれば……っ！」

バリンが涙ながらに、かつてのことを詫《わ》びる。

「すまなかったっ！　必ず守ると約束したのに、私は――」

「お父さん……」

肩を震わせる父に、バレッタが寄り添う。

バリンはひたすら、謝罪の言葉を述べ続ける。

光の玉はしばらくバリンの顔の前に浮いていたが、やがてバレッタの前に移動した。

バリンは彼女の肩を抱き、光の玉を見つめた。

「――ほら、バレッタもこんなに大きくなったんだ。バレッタ、お母さんに何か言ってあげなさい」

バリンが涙声で、バレッタをうながす。

「……」

「バレッタ？」

「……思い出せないよ。お母さんのこと、何も思い出せない」

悲し気に光の玉を見つめるバレッタを見て、オルマシオールが『ふむ』と鼻を鳴らした。

『ティタニア、いいか』

「はい、もちろん」

ティタニアが答えると、オルマシオールはすっと目を細めた。

その瞬間、彼らの体から光の霧が湧きあがり、バリンとバレッタの前にいる光の玉へと集まった。

小さな光の玉だったそれが、ゆっくりと人の形に姿を変える。

「えっ」

「お、おお……」

驚愕《きようがく》に目を見開く2人の前で、それは女性の姿に形を変えた。

どこかバレッタに似た顔立ちの、優し気な雰囲気の長い金髪の美しい女性だ。

「あ、ああ……っ！」

バレッタの瞳から涙が溢れ、震えながら両手を差し伸べる。

「バレッタ、大きくなったね」

「お母さんっ！」

バレッタが母の胸に飛び込み、泣きじゃくる。

彼女はバレッタを抱き締め、その背を優しく撫でた。

「そ、そんな……まさか、こんなことが……」

「あなたも、ほら」

すっと片手を差し伸べるシータに、バリンが震えながらも歩み寄る。

そして、バレッタと同じように声を上げて泣き出した。

シータは2人の背を、よしよし、と撫でている。

『あまり長くは持たんぞ。話したいことがあるのなら、話しておけ』

オルマシオールの呼びかけに、バレッタがはっとして顔を上げ、母を見る。

「お母さんっ、私、すごく頑張ったの！　お父さんが帰ってきてから、ずっと――」

バレッタが今までの出来事を、声を詰まらせながらも早口で語る。

「お父さん、ずっと泣いてて、私――」

バリンが戦地から帰ってきてから、ずっと塞《ふさ》ぎ込んでしまっていたこと。

そんな父を元気づけるために、自分がしっかりしなければと、いつも以上に明るく振る舞っていたこと。

そうしているうちに、父が少しずつ元気を取り戻してくれたことを、涙ながらに話す。

「でも、私っ、いつの間にか、お母さんがいたことすら忘れちゃってて……！　ごめんなさいっ、私っ、たった今まで、ずっと――」

「バレッタ」

シータがバレッタに優しく呼びかける。

「頑張ったね」

「っ」

バレッタはもう言葉にならず、顔をくしゃくしゃにして母の胸にすがって泣きじゃくった。

幼い頃のバレッタにとって、いつも傍にいた母が死んでしまったことはとうてい耐えられないほどの悲しみだった。

しかし、打ちひしがれている父を元気づけるためには、自分の感情を押し殺してでも明るく振る舞うしかなかった。

父を支えるため、常に明るく振る舞うために、バレッタは無意識のうちに母の記憶を心の底に封印してしまった。

それが、今こうして母と再会することで、その悲しい呪縛から解き放たれることができたのだった。

「もっとお話、聞かせてくれる？」

「ぐすっ、う、うんっ！」

バレッタは涙を流しながら、今までの出来事をかいつまんで話す。

一良《かずら》がやって来た時の話をしながら、「あの人がカズラさん」とバレッタが一良《かずら》を見る。

反射的にぺこりと頭を下げた一良《かずら》に、シータはにこりと微笑んで会釈をした。

「……あの、いったいどうなってるんです？　シータさんは……バレッタさんのお母さんは、生き返ったんですか？」

楽し気に話をするバレッタとバリンを見ながら、一良《かずら》はティタニアに小声で話しかけた。

「いいえ。私たちの魂を削り取って、無理矢理生前の姿を形作っているんです」

「た、魂を？」

「はい」

ぎょっとする一良《かずら》に、ティタニアはバレッタたちを見つめながら頷く。

「え、えっと……そんなことをして、ティタニアさんたちは大丈夫なんですか？」

「大丈夫ですよ。コルツ君の寿命が尽きるくらいまでの分は、残してありますので」

それって大丈夫とは言わないのでは、と一良《かずら》が思っていると、ティタニアは一良《かずら》を横目で見た。

「このことは、彼女には内緒にしておいてくださいね。きっと気に病んでしまいますので」

「は、はい」

『時間切れだ』

オルマシオールの声に、一良《かずら》はバレッタたちに目を戻した。

シータの体が透け始め、光の粒子のようになって少しずつ散り始めている。

「えっ⁉　お、お母さん！」

「シータ！」

バレッタとバリンの声が重なる。

「一緒にいてあげられなくて、ごめんね」

夫と我が子の体を、シータがぎゅっと抱き締める。

バレッタは泣き出してしまいそうになるのをぐっと堪《こら》え、母に笑顔を向けた。

「私、もう大丈夫だからっ、だから、安心して」

「……うん」

シータが微笑み、バリンとバレッタの顔に自らの顔を摺り寄せた。

「ずっと、見守ってるわ。幸せになってね」

「っ」

バレッタが嗚咽を噛み殺しながら、こくこくと頷く。

だんだんとその姿が薄くなっていくシータが、一良《かずら》に目を向けた。

「娘を、よろしくお願いします」

「っ、はい！」

しっかりと頷く一良《かずら》にシータはにこりと微笑み、その姿がふっと消えた。

「バレッタ……」

バリンがバレッタの肩を抱き、頭を撫でる。

バレッタはしばらくすすり泣いていたが、やがて顔を上げた。

「ごめん。もう大丈夫だから」

バレッタが頬を涙で濡らしながら、バリンに晴れやかな笑顔を向ける。

「記憶は戻ったのか？」

「うん。全部思い出せたよ。お母さんの顔を見た瞬間に、全部思い出せたの」

バレッタがオルマシオールを見る。

「オルマシオール様、ありがとうございました。お母さんと、きちんとお別れができました」

『うむ。役に立てて何よりだ。魂に力強さが増したように見えるぞ』

「えっ。私の、ですか?」

『そうだ。少しだけあった不安定さがなくなったな。記憶が戻って、カズラに母親の影を追い求める必要がなくなったからだろう』

その言葉に、バレッタがぎょっとした顔になる。

そうだったのか、といった表情で見ている一良《かずら》と目が合い、慌てた顔になった。

「ちっ、違います！　私、そんなつもりでカズラさんを見ていたわけじゃないです！」

「あ、いや、いいんですよ。少しでもバレッタさんの支えになれていたなら、俺も嬉しいですから」

「だ、だから違うんですって！　そんなふうに考えたことなんて、一度もないですから！」

「無意識のうちにそういう部分もあった、という話ですよ」

ティタニアがバレッタに、にこりと微笑む。

「彼を慕っている気持ちとは別に、知らず知らずのうちにそう思ってしまっていた部分があったのだと思います。自覚がなくても仕方がないですよ」

「う……そ、そんなことは……」

反論しようと口を開きかけたバレッタだったが、彼女の言い分を否定しきれずに口ごもった。

そういった部分も自分の中にあったようにも思え、ちらりと一良《かずら》を見る。

そんな彼女に、一良《かずら》はにこりと微笑んだ。

「いいんですって。これからも、いくらでも俺に甘えてください」

「うう……」

バレッタが顔を赤くしてうつむく。

それを見て、ティタニアはくすくすと笑った。

「さあ、そろそろ戻りましょう。あまり長く術を行使すると、眠らせている人たちが明日大変なことになってしまいますから」

『そうだな。とはいっても、この後起きてからしばらくの間は、使い物にならないだろう。交代を立ててやったほうがいい』

オルマシオールが立ち上がる。

『では、また明日な』

のしのしと歩き、闇へと消えていくオルマシオール。

彼は村では建物の屋根の上で眠っていたので、今夜もそうするのだろう。

一度一良《かずら》がティタニアにそのことを尋ねたことがあったのだが、彼女曰く「朝、子供たちが自分を見つけやすいように目立つところで眠っているのだろう」、とのことだった。

日頃の口ぶりとは裏腹に、オルマシオールは子供好きなようだ。

「私はコルツ君の部屋に戻りますね。カズラ様も戻られますか？」

「そうします。バレッタさんたちは？」

一良《かずら》がバレッタたちを見る。

「えっと……私、今夜は父と一緒に寝ることにします」

バレッタの言葉に、バリンが少し驚いた顔になる。

「私に気を使ってるなら大丈夫だぞ。シータとも会えたし、今夜はよく眠れそうだからな」

「私がお父さんと一緒の布団で寝たいの。いいでしょ？」

にこりと微笑むバレッタ。

バリンは少し嬉しそうに、彼女の頭を撫でた。

「そうか。なら、久しぶりに一緒に寝るか」

「うん！　カズラさん、ティタニア様、おやすみなさい」

ぺこりと一良《かずら》たちに頭を下げ、2人は去って行った。

一良《かずら》とティタニアも、宿舎へと向かって歩き出す。

「いやはや、本当にびっくりしました。ティタニアさんたちって、あんなこともできるんですね」

『長生きの恩恵とでもいうのでしょうか。いつの間にか、いろいろとできるようになってしまって』

頭の中に響いた声に、一良《かずら》がティタニアを見る。

ティタニアは人の姿ではなく、黒いウリボウの姿になっていた。

少し離れたところにいた警備兵は目を覚ましたようで、槍にしがみついて頭を振っている。

足元がふらついており、かなりつらそうだ。

『でも、いいことばかりではないですよ。皆、私たちよりも先に逝ってしまいますから。私にも仲間や兄妹がたくさんいましたが、今はオルマシオールと２人きりになってしまいました』

「オルマシオールさんは、ティタニアさんの兄弟なんですか？」

『いいえ、赤の他人です。妙に長生きしてるのがいるなと思って声をかけてから一緒にいるのですが、いつの間にかかなりの時が経ってしまいましたね』

「そうだったんですか。何でそんなに長生きできるようになったんでしょうね？」

『思い当たることは、あるにはあるのですが……それのせいかは、よく分からないんですよね』

「えっ、どんなことがあったんです？」

興味深げに聞く一良《かずら》に、ティタニアが思い出すように少し考える。

『……私も幼かったので覚えていないのですが、崖から落ちて死にかけていたところを、人間に助けてもらったらしいんです』

「へえ。手当でもしてもらったんですか？」

『おそらくは……それから、やたらと健康になってしまって。どんな怪我《けが》でも、数日休んでいれば治るようになってしまいました。体も、普通よりかなり大きくなりましたし。ただそのせいか、子を宿せないんですよね』

「う、うーん……何か、すごい話ですね」

何とも不思議な話に、一良《かずら》が唸る。

『仲間たちのように生を終われないことを呪ったこともありましたが、オルマシオールと会ってからは毎日が楽しくて。しばらくしてから、彼が「死んだ先にある世界が視える」、と言ってきた時には、かなり驚きましたね。ほどなくして、私にも視えるようになりましたが』

当時のことを思い出してか、ティタニアが楽しそうに話す。

「えっ、死後の世界って、どんな場所なんですか？」

『知らないほうがいいと思いますよ。正直に生きられなくなってしまいますから』

「何だそれ……ものすごく気になるんですが」

『まあ、聞かないでおいたほうがいいのは確実です。1つだけ忠告するのなら、あまり恥ずかしい真似はしないほうがいいですね。絶対に後悔しますから』

「恥ずかしい真似……？」

『私たちと同じような存在になれば、分かるようになるかもしれませんよ。やり方は分かりませんが』

「あ、いや、それはいいです。普通の人間の寿命で十分です」

即座に拒否する一良《かずら》に、ティタニアがくすくすと笑う。

そんな話をしているうちに、2人は宿舎へと戻ってきた。

『では、私はこれで。また明日お会いしましょう。おやすみなさい』

「はい。今日はありがとうございました。おやすみなさい」

ティタニアが小走りで近場の小屋へと向かい、大きくジャンプして屋根に飛び乗る。

そのまま、コルツたちがいる部屋の窓へと跳び、中へと入って行った。

「恥ずかしい真似ねぇ……あ、見張りの交替を頼まなきゃいけないんだっけ。そこらの人に伝えておくか」

先ほどの警備兵のことを思い出し、一良《かずら》は小走りで宿舎へと入って行った。


次の日の朝。

いつものようにマリーに起こされた一良《かずら》は、食堂へとやって来た。

料理の載ったカートをガラガラと押すバレッタとエイラと、入口で出くわす。

「バレッタさん、エイラさん、おはようございます」

「カズラさん、おはようございます！」

「カズラ様、おはようございます」

バレッタとエイラの声が重なる。

「バレッタさん、よく眠れました？」

「はい。ひさしぶりに、夢も見ないでぐっすり眠れました」

バレッタがにこりと明るく微笑む。

「バレッタ様が朝からすごく張り切っていたので、いつもより少し手の込んだメニューにしたんです」

エイラがカートに目を向ける。

フレンチトースト、オニオングラタンスープ、オムレツ、カリカリのベーコン、フルーツヨーグルト、という料理が並んでいる。

普段は丸パン、スクランブルエッグ、サラダ、スープ、お粥などがよく出るのだが、今日はかなり気合が入っているようだ。

「おお、これは豪華ですね！　オニオングラタンスープなんて、日本で食べて以来だ」

「えへへ。初めて作ったんですけど、すごく美味《おい》しく作れたんですよ！」

食堂へと入ると、すでにナルソン、ジルコニア、リーゼ、ルグロ一家が席に着いていた。

バレッタたちが、皆の前に料理を運ぶ。

「よっ、おはようさん！」

「おはよう、ルグロ。よく眠れた？」

「おう！　俺はいつでも快眠だからな。ベッドに入って1秒で爆睡だ」

がはは、とルグロが元気に笑う。

「おっ、今日のは一段と美味そうだな！　ほんと、ここのは何食っても美味いし、ナルソンさんたちが羨《うらや》ましいよ」

「わあ、美味しそうですね！」

「すごく甘い香りがします……！」

ルルーナとロローナが、並ぶ料理に瞳を輝かせる。

下の子２人とルティーナも、「おー！」と嬉しそうだ。

「お褒《ほ》めに与り光栄です。ですが、これらの料理はカズラ殿のご援助あってのものですので」

ナルソンが言うと、ルグロは「だよなぁ」と頷いた。

「前に貰ったソースもそうだし、料理人に味見させても同じ物がどうしても作れなくてさ。うーん、困った」

「ふむ。バレッタ、エイラたちと協力して、我らでも手に入る食材で同じ味の物が作れないか試してみてくれ」

ナルソンに話を振られたバレッタが、すぐに頷く。

「はい。以前から少しずつ試しているのですが、中濃ソースとマヨネーズはかなり近い味が再現できました。後でレシピを殿下にお渡ししますね」

「そうだったのか。いつの間に……」

「エイラさんとマリーちゃんと一緒に、時々試していたんです。お醤油も、マリーちゃんが贔屓にしている酒蔵に協力してもらって作ることになっています」

バレッタの話に、皆が「へー」と感心した声を上げる。

「ねえ、バレッタ！　照り焼きソースは⁉　こっちでも照り焼きピザ作って、街の人たちに広めようよ！」

リーゼが期待に顔を輝かせる。

「そ、それが、照り焼きソースだけはまったく再現できなくて。醤油を作ってからなら、似た味のものが作れると思います」

「えー、そうなんだ。まだ時間かかりそうなの？」

「そうですね。酒蔵に約束を取り付けただけで、作業は始めていないので」

「そっか。帰ったら、すぐにやろうね！　私も手伝うから！」

「ねえ、話はそれくらいにして、そろそろ食べない？　お腹空いちゃったわ」

ジルコニアがフレンチトーストを見つめながら言う。

ふんわりとした甘い香りに、目が釘付けだ。

バレッタが席に着き、エイラとマリーはいつものように壁際に控える。

「では、いただくとす……」

「どうしたの？」

言いかけて止まったナルソンに、ジルコニアが小首を傾げる。

一点を見つめているナルソンの視線を追うと、開いたままの扉の向こうから、オルマシオールとティタニアが羨ましそうな顔を半分だけのぞかせていた。

第3章　情報封鎖

「連絡役、ですか」

「ええ。ウリボウたちにムディアの伝令を仕留めてもらうにあたって、さらに広範囲を偵察してもらい、敵の増援がムディアに向かうような兆候が見られた場合には即座に知らせてもらわねばなりません」

朝食を食べながら、ナルソンと一良《かずら》が話す。

クレイラッツ軍がバルベールのムディアの街を強襲するにあたって、連絡役が必要だということになったのだ。

クレイラッツ軍には作戦内容を伝えるため、昨夜のうちにアイザックが運転するバイクでカーネリアンが砦を発っている。

無線機も持たせているので、到着次第連絡がくるはずだ。

護衛としてジルコニアの子飼いの兵士（強化済み）も同行しており、計5台のバイクを出した。

マルケスの軍団要塞を襲撃した折、彼らはジルコニアから一良《かずら》の持ってきた食べ物の効能については知らされているため、一良《かずら》の判断でそのまま強化状態を維持している。

ジルコニア曰く、「彼らは他の兵士とは覚悟が違う」とのことで、秘密を漏らす心配はないとのことだ。

どちらにせよ食べ物のことは知られてしまっているので、使えるものは使う、という判断である。

もし秘密が漏れた場合、責任を取って自分も含めて全員で自害する、とジルコニアは彼らに伝えていた。

真顔で即座に頷く彼らの姿に、一良《かずら》は背筋が寒くなったものだ。

「グリセア村の村人を何人かティタニア様たちに同行させたいのですが」

「それなら、ティタニアさんだけでもできると思いますよ？　彼女、周りに人がいなければ人間の姿になれますし。無線機も使えると思いますから」

「む、確かにそうですな。ティタニア様、お願いできませんでしょうか？」

ナルソンがティタニアに目を向ける。

オルマシオールとティタニアは、壁際でフレンチトースト（一良《かずら》とバレッタのをあげた）を大切そうに少しずつ食べていた。

「ナルソン様、ティタニア様が『使いかたを教えていただければ』とおっしゃっています」

ルルーナがティタニアの言葉を通訳する。

「ありがとうございます。あとは、作戦決行のタイミングですな」

「クレイラッツ軍って、国境までどれくらいで着くんですかね？」

「国境に一番近い、『ベルタス』という都市に臨戦態勢の軍団が複数駐屯していると聞いています。天気が良ければ、4日で国境に到達できるでしょう」

「ふむ。伝令がベルタスに到着するまで、どれくらいかかります？」

「距離はかなりありますが、バイクの速度なら1日で着くでしょう」

「というと、出撃準備時間も考えると、クレイラッツ軍の攻撃が始まるまで最短で6、7日ってとこですか」

「はい。その間に、バルベール軍がどう動くかですが……」

この場に張り付いているバルベール軍は蛮族に対応するため、いくつかの軍団を間引いて北方に向かわせるだろうというのがナルソンたちの見解だ。

砦にいるアルカディア軍の動きかたとしては、2つの案が用意されている。

1つ目の案は、もしバルベール軍がここから東北東にあるムディアを経由して、北方に向かおうとした場合。

ムディアを経由させるとクレイラッツ軍と鉢合わせになってしまうので、それは阻止しなければならない。

そのため、損害覚悟で大規模な攻撃を仕掛け、この場にすべての敵軍を釘付けにする必要がある。

結果としてこちらに大きな被害を出したとしても、補給を絶つことができれば敵は直接北に後退せざるをえなくなる。

しかし、すべての物資を抱えたまま迅速に後退するのは、あの大軍では無理な話だ。

大半の物資を捨てて逃げるか、その場に踏みとどまるかの2択を迫られることになるだろう。

物資を捨てて大急ぎで逃げても、道中こちらの追撃を受けながらでは食料不足で落伍者が続出するだろうし、踏みとどまってもジリ貧になるというわけだ。

2つ目の案は、間引かれた軍団がムディアを経由せず、直接北方に向かおうとした場合。

その場合は砦のアルカディア軍が戦う敵の数は労せず減るので、放置することになっている。

それらの軍団が蛮族との戦闘で勝手に摩耗してくれれば、万々歳だ。

ムディアをクレイラッツ軍が制圧し、この地にいるバルベール軍の補給が途絶えたことに気づいたタイミングで、こちらでも攻撃を仕掛けることになっている。

その後は、1つ目の案と同じ末路をバルベール軍はたどることになるだろう。

「彼らの動きを監視するために、やはりロズルーとその弟子たちを使いたいのです。敵軍の後方に彼らを潜伏させ、無線機で常に連絡を取らせればと思うのですが」

「ロズルーさんたちですか」

「はい。隠密行動は、彼らが一番優れております。たとえ敵に発見されても、彼らなら逃げ切ることが可能でしょう」

「なるほど……」

一良《かずら》が腕組みして考え込む。

ロズルーなら望遠鏡のような視力をしているし、ギリースーツを着て茂みに隠れていれば見つかる可能性も低いだろう。

携行食糧も日本から持ってきたものであれば量は少なくて済む。

水だけは大量に持たせてやらないといけないが、未開封のペットボトルを渡せば腐ることもない。

何より、すでに誰も危険な目に遭《あ》わせたくないなどと言っていられる状況ではない。

この戦争に打ち勝つため、各々がやれることをやらねばならないのだ。

「……分かりました。後で俺から、ロズルーさんにお願いしておきます」

「ありがとうございます。たとえ発見されても戦闘は避け、全力で逃げるように指示しますので、その点はご安心を」

「ナルソン様、オルマシオール様が、『私には何かできることはないか？』とおっしゃっていますよ」

ロローナがヨーグルトを食べる手を止め、一良《かずら》とナルソンに言う。

ヨーグルトは粉末タイプのものにミャギのミルクを混ぜて砂糖を加えたものだ。

ロローナはこれで２杯目であり、気に入った様子だった。

「オルマシオールさんは、ティタニアさんと一緒には行かないんですか？」

「『その程度のことなら、ティタニアたちだけで十分だろう』とおっしゃっています」

「そ、そうですか」

すべての伝令を排除するという任務が「その程度」とは一良《かずら》には思えないが、彼がそう言うのなら大丈夫なのだろう。

オルマシオールが砦に残ってくれているのなら、それはそれで心強くもある。

「カズラさん、オルマシオール様には、砦にいてもらったほうがいいと思います。北の様子を見張っているウリボウたちが状況を伝えに戻って来ても、私たちじゃ言葉が分かりませんし」

バレッタの意見に、皆が「それもそうだ」と頷く。

「ですね。オルマシオールさんは砦に待機ということで……引き続き、子供たちの遊び相手になってもらってもいいですか？」

「『承知した』とおっしゃっています」

慣れた様子で、ルルーナがオルマシオールの言葉を伝える。

オルマシオールの姿が見えたほうが、兵士たちの士気は上がるだろう。

神が味方に付いているという安心感は、兵士たちにとって何よりも代えがたいもののはずだ。

「ついにバルベールを打倒する時が来た、か」

黙って話を聞いていたジルコニアが、感慨《かんがい》深げにつぶやく。

「二度と奴らに好き勝手させないためにも、徹底的にやりましょう。あの国は、この世界に存在していてはいけません。死んでいった人々のためにも、必ず打ち倒さなければ」

「打ち倒すねぇ……」

ルグロがフォークでオムレツを突きながら、ぼそりと言う。

「……殿下、何かご不満でも？」

ジルコニアがルグロに鋭い視線を向ける。

「いや、昨日も言ったけどさ、その後が心配なんだよ。バルベールを倒せたとしても、その後は蛮族だろ？　蛮族連中も倒すってことか？」

「彼らが攻めてくるのなら、そうなりますね。ですが、神を味方に付け、多数の新兵器を持った私たちが負ける道理はありません。バルベールを打ち倒せばプロティアとエルタイルも同盟国側として参戦するでしょうし、利は我たちにあります」

「うーん……」

「思うことがあるのなら、おっしゃったらいかがです？」

「こ、こら、ジル！　よさないか！」

不遜とも取れる態度のジルコニアを、ナルソンが諫める。

「あ、いいよ別に。下手に遠慮するより、はっきり言ってくれる奴のほうが俺は好きだぜ」

ルグロがにかっと笑う。

そして、その表情がすっと真面目なものになった。

「昨日からずっと考えてたんだけどさ、この状況、ちょっとおかしくねえか？」

「……というと？」

ナルソンが怪訝な顔で聞き返す。

「蛮族連中はどうしてそこまで、がむしゃらにバルベールを攻めてるんだ？　5年前までの戦争の時だって、結局手酷く負けて、あいつら相当死にまくったはずだろ？　そこまでして、バルベールの領土が欲しい理由って何なんだ？」

ルグロの言葉に、ナルソンが真顔になった。

バルベールは超大国と言っても過言ではないほどの国力を持っており、多大な犠牲を覚悟してまで攻めるとなれば、それ相応の理由が必要だ。

しかも、蛮族は1つの国家というわけではなく、いくつもの部族の寄せ集めらしい。

普通に考えれば、主義主張の違う複数の部族が長年にわたり一致団結して戦いを継続するというのは、かなり難しいだろう。

他国に侵入して領地を奪い取ろうとするのなら、なおさら揉めるように思える。

「な？　おかしいだろ？　前回の戦いで蛮族は押し負けてるんだから、連中にちゃんと脳みそがくっついてるなら、バルベールは手に負える相手じゃないって分かりそうなもんだしさ」

「蛮族のいる北方は、土地が痩せているうえに冬が長く、獣も少ないと聞いています。人口の増加に食料生産が追い付かなくなって、豊かな土地を得るために南下しているのでは？」

リーゼが話に加わる。

ルグロが「おっ」という顔になった。

「へえ、リーゼ殿はそう思うのか」

「はい……といっても、講師からの受け売りですが」

「……いや、それでは説明がつかないな」

ナルソンが険しい顔で言う。

「人口増加が理由なら、前回の戦争で出た犠牲で口減らしはできたはずだ。それにもかかわらず、犠牲を覚悟でバルベールを攻めるとなると……」

「バルベール以上の脅威から逃れるために、彼らの領土に生存圏を求めている、ですね」

バレッタの言葉に、ナルソンが頷く。

「ああ、その可能性は大きいだろう」

「蛮族は、バルベール以上の強敵に追い立てられてるってこと？」

ジルコニアが驚いた顔で言う。

バルベールよりも手強い相手などと言われても、まったく想像がつかない。

「かもしれない、という話だ。どのみち、我らとてバルベールを倒さねば未来はない。蛮族や彼らが戦っているかもしれない別の何かについて考えるのは、その後だな」

「なるほどねぇ……もしそうなら、バルベールを完全に叩きのめすっていうのも、ちょいと考えものかもしれねえな」

ルグロがフォークでオムレツをぐちゃぐちゃと潰す。

「一度潰しちまったらそれっきりだけど、ある程度形を残しておけば再利用はできるだろ？　怒りに任せて叩き潰したいってのも分かるけど、その前に考えてみたほうが――」

「お父様、そんなふうにしてしまっては、オムレツがかわいそうです……」

「スクランブルエッグになってしまいました……」

ルルーナとロローナが悲しそうな目で、潰れたオムレツを見る。

途端に、ルグロが慌てた顔になった。

「あっ、悪い悪い！　ちゃんと食べるからさ、そんな顔すんなって！」

ルグロがパクパクと潰れたオムレツを頬張《ほおば》る。

一良《かずら》がその様子を見ていると、ふと視線を感じてバレッタを見た。

バレッタと目が合い、互いに頷き合う。

以前、バレッタに渡した古代ローマ史の本の内容を、２人は思い浮かべていた。

その日の昼過ぎ。

砦の東門の前では、数十頭のウリボウが使用人たちに囲まれていた。

使用人たちがおっかなびっくりといった様子で、たくさんの食料と水を詰め込んだ荷袋をウリボウの背に縛り付けている。

コルツもそれに混じっており、片手で作業を手伝っている様子だ。

コルツはウリボウたちととても仲が良く、ウリボウたちは彼を囲んできゅんきゅんと声を上げながら頭を擦《こす》り付けている。

その傍らで、一良《かずら》はバレッタとリーゼとともに、無線機を手にしていた。

「ティタニアさん、聞こえますか？　どうぞ」

『はい、聞こえますよ。これは便利な道具ですね』

無線機からティタニアの声が響く。

彼女は砦から東に3キロほど離れた森の中におり、無線機の練習をしているのだ。

『出発準備はどうですか？　どうぞ』

「もうすぐ終わりますよ。終わり次第そちらに向かわせますから、ティタニアさんはそこで待っていてください。どうぞ」

『分かりました。お菓子をつまみながら待っていますね。通信終わり』

通話が切れ、一良《かずら》が腰に無線機を戻す。

「この作戦が上手くいったら、バルベールは四面楚歌ってわけか」

「そうだね。もしかしたら、一気に首都まで追い詰められるかも。プロティアとエルタイルが参戦してくれれば、何とかなるかもしれないね」

リーゼがウリボウたちに目を向ける。

使用人たちに荷袋を付けられている彼らの傍では、ナルソンを始めとした首脳陣が何やら話し込んでいた。

ジルコニアとルグロが、真面目な顔で言葉を交わしている様子が見える。

「……もし、北方の部族が第三国から攻め立てられているのだとしたら、彼らと講和を結ぶ方法を考えたほうがいいかもしれないですね」

バレッタが言うと、リーゼは彼女を見た。

「それ、殿下が言おうとしてた話だよね？　バレッタは蛮族が別の国に追い立てられてるって思うの？」

「はい。カズラさんから貰った本に、古代ローマ帝国という国の歴史のものがあったんですけど、それに書かれていた内容と今の状況に似通ったところがあって」

「どんなふうに似てるのか、教えてもらってもいい？」

「はい。その本の内容では、ローマ帝国に北方から蛮族が大挙して押し寄せて――」

バレッタが本に書かれていた内容をリーゼに説明する。

古代ローマ帝国は、東からやって来たフン族の攻撃から逃れるために大挙して侵入してきた西ゴート族に大敗した。

西ゴート族はそのままローマ帝国領内で国家を築き、両国はいったんは和平を結んだが、その後ローマ帝国が西ゴート族との約束を破ったために再び戦争状態になった。

結果としてローマ帝国の首都は陥落し、住民の大虐殺が起こったというのが大まかなあらましだ。

バレッタの説明に、リーゼが「へえ」と感心した顔で頷く。

「確かに今のバルベールと似てるね。ローマ帝国は、私たちみたいな国と戦争中じゃなかったみたいだけど」

「はい。その当時のローマ帝国と比べると、今のバルベールの状況はかなり悪いですね」

「実質、挟み撃ち状態だもんね。もしかしたら、本当にバルベールを滅ぼせるんじゃない？」

「でも、それをしてしまうと、私たちに対するバルベールの国民感情が今以上に悪化してしまいます。それに、蛮族があちこちのバルベールの都市を破壊し尽してしまったら、その後どうなるのか予想がつきません」

「バレッタは講和派なの？」

「それが一番現実的かなって。蛮族の動きは予想がつきませんし、彼らを追い立てている何かについても考えないといけないと思います」

「そっか……でも、ミクレム様たち、やる気満々だからなぁ。市民たちも、バルベール憎しで勢いづいてるし」

リーゼが困り顔になる。

リーゼは現状の打破が最優先と考えており、そのためには貴族と市民の一致団結がもっとも大切だと思っている。

講和を結ぶこと前提で下手に手緩い真似をすると、その団結にヒビが入ってしまうのではと心配しているのだ。

優先すべきは自国の勝利と民の感情。

先のことを考えるのは、それらが達成された後でいいと考えていた。

「ほんと、どうなるか分からないよな……蛮族が話の通じる相手ならいいけど、ケダモノみたいな連中だったらバルベールは地獄を見ることになりそうだ」

「どこかのタイミングで、彼らと対話する機会が欲しいですよね」

「カズラ様」

3人が話していると、ギリースーツを着込んだロズルーと、彼の弟子たちがやって来た。

背にはリュックを背負っており、それにも大量の草が縫《ぬ》い付けられている。

その後ろから、彼の妻のターナと娘のミュラが付いてきていた。

「あ、ロズルーさん。準備万端ですね」

「はい。出発前に、ご挨拶をと思いまして」

「うう……カズラ様、この『オムツ』って、本当に大丈夫なんですか？」

「これから何日も、小便も大便も尻にくっつけたままで地面に這いつくばってるのか……」

弟子たちが心底嫌そうな顔でのたまう。

一良《かずら》が念のためにと彼らにオムツを持たせたのだが、早速穿《は》いているようだ。

ちなみに、オムツは戦いで出た重傷者のために、日本で大量に買ってきたものだ。

ベッドの上で身動きができないほどの負傷を負った者に使われており、現場では好評のようである。

「あ、いや、別に絶対にオムツに出さなきゃダメってわけじゃないんで。周囲が安全なら、そこらに穴でも掘って排泄すればいいですよ」

「だって、ロズルーさんが『せっかく頂戴した物を使わなくてどうする』って……」

弟子の１人がロズルーを見る。

「カズラ様がそんなことまで心配してくださったんだ。感謝して用を足すのが当たり前だろうが」

「それ感謝の方向が違う……」

「カズラ様、何とか言ってやってくださいよ……」

「ロ、ロズルーさん、お尻がかぶれちゃっても大変なんで、できるだけ普通に排泄してください」

「むう。カズラ様がそうおっしゃるなら……」

渋々頷くロズルー。

弟子たちはほっとした顔になり、ターナとミュラは「だから言ったでしょ」と口をそろえていた。

「あ、あの、お尻拭き取ってきますね」

「お願いします。アルコールタイプじゃないやつで」

「分かりました。アルコールだと刺激が強いですもんね」

バレッタが宿舎へと走って行く。

しばらくその場で雑談しながら過ごし、戻ってきたバレッタがお尻拭きをそれぞれに手渡したところで出発することになった。

「それでは行ってまいります。何もなくても6時間ごとに無線機で連絡をしますので」

「よろしくお願いします。ナルソンさんからも言われたと思いますけど、敵に見つかっても戦闘は厳禁ですからね。全力で逃げてください」

「承知しました。危険な真似は絶対にしませんので」

「あなた、気をつけてね。いってらっしゃい」

「お父さん、頑張ってね！　怪我しないでね！」

ターナとミュラが、笑顔でロズルーにエールを送る。

「狩りに比べれば、楽なもんさ。相手は人間だからな」

ロズルーが2人の頭をぽんぽんと撫でる。

ターナもミュラも不安な様子は一切なく、心からロズルーを信頼しているようだ。

「いいなぁ。俺も結婚したい……」

「村の女は軍人さん狙ってるっぽいし、侍女さんも使用人の子も俺らのこと相手にしてくれないもんな……」

「こんなに頑張ってるのに、いったい何がいけないんだ……」

ぶつぶつと言っている弟子たち。

ターナからしてみれば、彼らは彼女作りたさにがっつきすぎに見えるのだが、当人たちにそれを言うと相談祭りが開催されそうなので黙っていた。

面倒そうなことには口を挟まないに限る。

「では、カズラ様。行ってまいります」

「行ってらっしゃい。お気をつけて」

ロズルーはぺこりとお辞儀をすると、弟子たちを連れて東門へと駆けて行った。

半日後。

ロズルーは弟子の1人とバルベールの軍団要塞の後方にたどり着いていた。

生い茂る草の中に身を隠し、遥か遠方にある軍団要塞をじっと見つめている。

弟子たちもあちこちに散って潜伏しており、先ほど無線で目標地点に到着したと連絡が入ったところだ。

　すでに太陽は完全に沈んでおり、半分に欠けた月のぼんやりとした明かりだけが大地を照らしている。

　偵察任務は2人1組で、交代で睡眠を取ることになっていた。

「さてと。ロズルーさん、夕食にしましょっか」

　いそいそとリュックを漁る彼に、ロズルーが呆れ顔になった。

「着いていきなり夕食ってお前……」

「いやぁ、カズラ様が持たせてくれる食べ物って、どれも滅茶苦茶美味いじゃないっすか。全部味が違うやつを入れたってバレッタちゃんが言ってましたし、楽しみで」

「ああ、確かにどれも美味いよなぁ。俺はバレッタさんにお願いして、羊羹《ようかん》をたっぷり入れてもらったよ」

「羊羹ですか！　甘くて美味いですよね！」

「最高だよな。エイラさんが淹《い》れてくれる緑茶が、これまたよく合うんだ……考えてたら俺も腹が減ってきたな」

　ロズルーもリュックを漁り、ミニ羊羹（60グラム）を1つ取り出した。

　弟子の若者は真空パックのサラダチキン（常温保存タイプ）を取り出し、封を切って口に運んでいる。

「うっわ、何だこれめっちゃ美味え！」

サラダチキンを一口齧り、彼が目を丸くする。

「何だそれ？　肉か？」

「鳥肉みたいです。味もついてるし、瑞々しいし……何でこんなものが腐らずに何カ月も保存できるんですかね？」

「不思議だよなぁ。それ、一口貰ってもいいか？」

「いいですよ。羊羹も一口くださいね」

あれこれ話しながら食事を続けていると、周囲をちらちらと確認していたロズルーが動きを止めた。

「おい、あれ見ろ」

ロズルーが軍団要塞を顎で指す。

開け放たれている門から、ぞろぞろと兵士と荷馬車が出て来ていた。

彼らは松明を持っておらず、真っ暗闇《くらやみ》の中をこちらへと向かって進んできている。

「うわ、すごい数ですね……って、あれって北に向かう軍団ですかね？」

「かもな……しかし、こんなに早く動くとは思わなかったな」

「ロズルーさん、ここにいたらヤバイですよ。モロに連中の進路上じゃないですか」

「そうだな。少し移動するか。お前は他の奴らに無線機で連絡しろ。俺は砦に連絡するから」

ロズルーがゆっくりと腰を上げ、中腰になって無線機を手に取る。

彼に倣い、弟子も無線機を手に取った。


翌日の昼。

砦を発ったカーネリアンは、バイクのサイドカーに座りながら過ぎ去っていく景色を眺めていた。

平坦とはとても言えない石だらけの街道をものともせず、バイクは風を切って走り続けている。

道すがら砦に向かう輸送隊と出会ったのだが、彼らは初めて目にするバイクの異様さに慌てふためいていた。

カーネリアンが事情を説明したのだが、皆が「まさか神が降臨したとは」と唖然《あぜん》とした顔になっていた。

――アルカディアが神の寵愛を受けているならば、この先の立ち回り次第で我が国の未来も開かれる、か。

バイクの力強いエンジン音を聞きながら、カーネリアンは自国の将来を考える。

クレイラッツはすべての国民が平等に生きていけることを指針として発展してきた国家だ。

国民すべてが平等の権利を持ち、平等に責任を負い、平等の生活を送ることが理想である。

しかし、カーネリアンは直接民主制という自国の政治形態に、限界を感じ始めていた。

権力が集中しないようにクジで要職を決め、なおかつ1年という短い任期にすることは、特権階級を作らないということにはきわめて役に立つ。

しかし、それだと政治を執り行う者が素人ばかりになってしまい、要職に就いた者は今までの慣習をなぞってばかりで、いざ問題が起こった時の対応力は皆無《かいむ》だ。

カーネリアンは軍司令官として長きにわたってこの役職を務めているため、今ではご意見番のような立ち位置になってしまっている。

その結果、自身の発言力が大きくなりすぎてしまっており、それをとても心配していた。

――皆、私が意見を言うと対案を出そうともしない。かといって私が黙れば、いつまで経っても話がまとまらない。このままではダメだ。

直接民主制とは名ばかりの、カーネリアンの意見が国家の意思決定になってしまう現状は非常にまずい。

自分の代は良くても、次に軍司令官になった者が判断を誤れば大変なことになるからだ。

「……アイザック殿」

カーネリアンが、バイクを運転しているアイザックに声をかける。

「はっ」

「貴国は、グレイシオール様とオルマシオール様の力添えで、このバイクのような道具を頂戴したり水車のような道具の作りかたを教わって急激に発展したとナルソン殿から聞いているのですが」

「はい。そのとおりです。神のお力添えにより、私たちは窮地を脱して大きく発展することができました」

「ふむ。オルマシオール様の姿は拝見できましたが、グレイシオール様は今どこにおられるのでしょうか？」

「それは私も知りません。ナルソン様やジルコニア様は、直接お会いしているとのことですが」

アイザックが素知らぬ顔で答える。

カーネリアンに対しては、一良《かずら》がグレイシオールであるということは伏せられている。

理由は、クレイラッツとアルカディアでは信仰している神が違うからだ。

アルカディアの者ならば地獄の動画を見せれば完璧に秘密を守らせることができるが、クレイラッツの者相手ではそうもいかない可能性がある。

一良《かずら》の身に万が一のことがあっては大変、ということで、他国の者には正体を明かさない方針となっていた。

「そうですか。ナルソン殿伝いであれば、グレイシオール様とやり取りをすることは可能でしようか？」

「それは私には分かりませんが……グレイシオール様に、何かお聞きしたいことがあるのですか？」

「ええ。政治について、相談できればなと。国家の政治形態とはどうあるべきなのか、ご意見を賜りたいのですよ」

「なるほど……」

「できれば、我らが信奉する神に直接お伺いを立てたいところではありますが……この戦争が終わったら、ナルソン殿に相談してみようと思います」

神妙な顔で言うカーネリアン。

アイザックは下手なことは言えないと、黙って頷いた。

そうしているうちに、クレイラッツの都市、ベルタスが見えてきた。

川に面した場所に作られたその都市は、石造りの防壁で囲まれたかなり巨大なものだ。

周囲の土地も豊かで農耕に適しており、川に沿ったかたちで広大な農地が広がっている。

「こちらに気づいたようですね」

アイザックが運転しながら、城門へと目を向ける。

城門の上で見張りに立っている数名の兵士がこちらを指差し、慌てた様子で門の内側に向かって何やら叫んでいた。

「アイザック殿、城門から少し離れたところで止まってください」

「承知しました」

アイザックが片手を上げて後続に合図し、城門の200メートルほど手前で停車した。

カーネリアンがサイドカーから降り、城門へと歩いて行く。

アイザックもそれに続いて歩き出すと、腰の無線機から声が響いた。

『カズラです。アイザックさん、今話せますか？　どうぞ』

アイザックは慌てて無線機を取り、バイクに駆け戻って携帯用アンテナを取る。

カーネリアンが足を止めて、振り返った。

「危ない危ない。これを忘れたらダメだってのに」

アンテナを砦の方へと向け、無線機の送信ボタンを押す。

「アイザックです。たった今、ベルタスに到着したところでして。どうぞ」

『おっ、もう着いたんですか。バルベール軍が、北に向けて直接軍を向かわせ始めたんです。カーネリアンさんに伝えてもらえます？　どうぞ』

「承知いたしました。ムディアに向かっている軍団は、今のところはないのですか？　どうぞ」

『ないですね。あと、敵は砦に大攻勢をかけるような動きを見せています。おそらくハッタリですが。どうぞ』

「ということは、クレイラッツ軍がムディアを占領したと同時に、砦からも攻撃を仕掛けるとなるわけですね？　どうぞ」

『ですね。アイザックさんはカーネリアンさんを送り届けたら、そのまま彼と一緒にクレイラッツ軍に加わってください。彼らの戦いぶりを、その目で見てきてほしいとナルソンさんが言っているので。どうぞ』

「かしこまりました。クレイラッツ軍の出撃日時が決まったら、すぐにご連絡いたします。どうぞ」

『お願いします。帰ってきたら、ハベルさんも連れて一緒に釣りにでも行きましょう。土産話《みやげ》、聞かせてくださいね。通信終わり』

　声が途絶え、アイザックが無線機を腰に戻す。

　ううむ、とカーネリアンは無線機を凝視していた。

「すさまじい道具ですね。瞬時に遠方の者と会話ができるとは……アイザック殿、どうかしましたか？」

　ぐっと涙を堪えているアイザックに、カーネリアンが小首を傾げる。

　一良《かずら》からの気遣いの言葉に感激しているのだ。

「い、いえ！　参りましょうか」

　アイザックは表情を引き締め、カーネリアンとともに街へと向かうのだった。

数十分後。

アイザックとカーネリアンは、街なかの小高い場所に作られた議事堂で、この街のすべての文官と軍団長たちを集めて状況の説明をしていた。

議事堂は石造りの円形の建物で、太い石の柱がぐるっと取り囲んでいるような構造だ。柱と柱の間に壁はなく、全方位に街の様子が見える造りになっている。

すべての市民たちが話し合いの様子を見れるように、とのコンセプトで作られた建物である。政策会議中は関係者以外立ち入り禁止だが、普段は自由に見学したり、宴会や結婚式などを行うこともできる。

「バルベール軍は強固な軍団要塞を築いて待ち構えているが、数は2個軍団だ。犠牲を問わずに攻めかかれば、撃破は可能だろう」

この街にいるすべての軍団を率いてバルベール軍を強襲する、とカーネリアンが話すと、指揮官たちは一様に険しい顔つきになった。

「ううむ。好機なのは分かりますが、よしんばムディアを陥落させたとしても、その後守り切れるかどうか……我らだけでは厳しいのでは？」

「あの街は敵にとって補給の要、必ず奪い返しに来るでしょう。アルカディアからの援軍は来るのですか？」

カーネリアンに2人の軍団長が質問する。

彼らはカーネリアンと同じく、前回の戦争でも軍団長や副軍団長、その補佐を務めていた者たちだ。

それらの役職の者が戦死した場合には、下の者が繰り上げ昇進することになっている。

クレイラッツ軍はすべての兵士が市民兵であり、職業軍人は司令官クラスしか存在しない。

当然ながら兵士の質はバルベールに劣っており、大半は軽装歩兵で騎兵の数はわずかだ。

すべての指揮官が最前線で戦うため兵士たちの戦意は高いのだが、装備や技術的な面で不安があった。

「アルカディアからの援軍はない。その代わり、彼らが敵のすべての伝令を潰すと約束してくれた。我らが戦うのは、孤立無援の敵だ」

「その……先ほど、ウリボウが伝令を仕留めるとおっしゃいましたが、どうにも信じられません。何かの間違いでは？」

「私が実際にこの目で見たから間違いない。彼らの信奉するオルマシオールが実際に現れ、ウリボウを従えて助力してくれている。心配は無用だ」

「カーネリアン殿が乗ってきたバイクという乗り物も、オルマシオールが提供してきたのですか？」

軍団長の1人が開け放たれた議事堂の入口に目を向ける。

すぐ外にバイクは停車してあり、護衛の兵士たちが見張りに付いている姿が見えた。

「いいや、あれはグレイシオールが用意したものらしい。そうですね、アイザック殿？」

カーネリアンがアイザックに話を振る。

「はい。我らには神が味方に付いています。必ずや、バルベールに打ち勝てるでしょう」

「むう……貴国で使っているという、カノン砲やスコーピオンという兵器を貸与していただくわけにはいかないのでしょうか？」

別の軍団長がアイザックに問う。

「ことは急を要しますので、輸送に時間を使っていられないのです。訓練にも日数が必要になりますし、あれらはかなり重量があるので、バイクで運搬とはいきませんので」

「そうですか……死に物狂いで戦うしかないということか……」

険しい顔の軍団長に、カーネリアンが頷く。

「そういうことだ。この機会を逃すわけにはいかない。アルカディアと連携してバルベールを一気に攻め立てて、戦いの形勢を完全にこちらのものにするのだ」

「承知しました。文官からの意見は？」

軍団長が文官たちに目を向ける。

数十人いる文官は、老若男女そろっており、皆が口をそろえて「ありません」と答えた。

「……では、明日の午後には全軍出撃できるように準備を整えてもらいたい。私は市民たちへの演説の準備に取り掛かる。ここで話したことを、すべて伝えてやらねば」

カーネリアンはそう言うと、拳を握って右手を上げた。

軍団長や文官たちも、同じように右手を上げる。

「「平等な自由と権利のために！」」

カーネリアンたちの力強い声が、議事堂内に響き渡った。


4日後の午後。

砦の厩舎《きゅうしゃ》では、バレッタがラタから血液を採取していた。

ラベンダーの精油をたっぷりとかがされて朦朧としているラタの首に注射器を挿し、採血管に血液を移していく。

血液で満たされた採血管をリーゼが受け取り、くりくりと何度か回して中の凝固剤と混ぜている。

その様子を、一良《かずら》とナルソンが眺めていた。

傍では、マヤを始めとしたグリセア村の娘たちが2人1組で別のラタから採血を行っている。

「ふむ。この血で薬を作るのか」

ナルソンが木箱に納《おさ》められた採血管を1つ手に取る。

「はい。この後しばらく放置しておくと赤いものと透明なものに分離するので、その後遠心分離機にかけるんです」

「そうすると薬ができるのか？」

「できるはずです。一応、次の戦いに備えてできるだけ作っておきます」

「そうしてくれ。病気で死ぬ者を可能な限り減らしたいからな」

先日の戦いでは、重傷軽傷含めて多数の怪我人が出た。

それらの者は医者による手術と一良《かずら》が持ってきた食べ物、それに加えて抗生剤（金魚用）の投与がされ、かなりの人数が助かった。

しかし、中にはあまりにも傷が酷く、コルツのようにガス壊疽のような症状を起こして手の施しようがなくなり、死んでしまった者も何人かいたのだ。

「街でもあの病気になって死んじゃう人は毎年いるみたいだから、薬ができれば皆助かるね。血清って言うんだっけ？」

「はい。血清は氷式冷蔵庫で保管できますから、街に戻ったら冷蔵庫と一緒に治療院に無償提供するのがいいと思います」

「そうだね。お金がなくて治療できないってことが起こらないようにしないと」

「……カズラ殿。もしや、この時のために氷室《ひむろ》と冷蔵庫を作っておいたのですか？」

はっとした様子で言うナルソンに、一良《かずら》が苦笑する。

「いやいや、偶然ですよ。両方ともお金儲《もう》けの手段として提案しただけです。こんなことになるなんて、あの時はまるで考えていませんでしたし」

「そうでしたか。偶然とはいえ、あれこれ手を出しておいて正解でした。何がどこで役に立つか分かりませんな」

「そうですねぇ。去年の大飢饉《ききん》だって、作物の納税ができない代わりに木材の代替納税が増えたおかげで木炭高炉《もくたんこうろ》の燃料に事欠かなくなりましたし。巡り巡って、いろんなところに繋がってくるものですね」

「まったくそのとおりで。飢饉がなければ、カズラ殿にこうしてお会いできることもありませんでしたし」

「そ、そうですね」

『ナルソン様、ニィナです。どうぞ』

そんな話をしていると、ナルソンと一良《かずら》の腰の無線機から声が響いた。

ナルソンが無線機を手に取る。

「ナルソンだ。どうした？　どうぞ」

『アイザック様から無線連絡が入っています。宿舎の屋上まで来れますでしょうか？　どうぞ』

「うむ。すぐに行こう。アイザックには、そのまま待つように言っておいてくれ。通信終わり」

ナルソンが無線機を腰に戻す。

「では、私は屋上に行ってまいります」

「俺も行きます。クレイラッツ軍の様子が気になりますし」

「バレッタ、採血は私たちがやっておくから、カズラ様と一緒に行きなよ」

「採血管全部に血を取ったら、カズラ様の部屋の冷蔵庫に入れておけばいいんだよね？」

採血をしていたマヤたちがバレッタに声をかける。

「うん、それで大丈夫。ありがとう」

「そしたら私も行こうかな。皆さん、後はお願いしますね」

そう言ってリーゼも採血管を村娘に渡す。

その場をマヤたちに任せ、一良《かずら》たちは宿舎へと小走りで向かったのだった。


屋上に到着してニィナと合流し、ナルソンは無線機を手に取った。

「ナルソンだ。どうした？　どうぞ」

『クレイラッツ軍の進軍状況についてご報告です。明日の夜、バルベールとの国境に軍団が到着します。２日後の夜明けと同時に攻撃を仕掛けるとのことです。どうぞ』

「よし、予定通りだな。敵の斥候については心配しなくていいぞ。国境付近の山に潜伏している連中の位置はすべて、ティタニア様が把握している。奴らの軍団要塞に報告に戻ろうとする動きを見せたら仕留めてくださると連絡が来ているからな」

クレイラッツ方面に向かったティタニアは、ムディアの街を囲むようにしてウリボウを配置してくれている。

可能な限り敵の軍団要塞を奇襲というかたちで攻撃できるように、国境沿いの森や山の中にもウリボウを放ち、潜伏している人間を探してくれていた。

ウリボウは嗅覚が非常に優れているため、どんなに上手く潜伏していようとすべてを探し出せるとのことだった。

山に潜伏している数人のグループをすでに発見しており、複数頭のウリボウが付かず離れずで監視している。

攻撃するか否かの判断は、彼らが国境を越えて自国領土に戻った時、となっている。

クレイラッツ国内で仕留めないのは、彼らが万が一クレイラッツ国民だった場合を考えてのことだ。

ティタニアが常にすべてのウリボウと情報共有ができるわけではないので、そういう方法となった。

「こちらにいる敵軍と、そちらの敵軍との間にはティタニア様が待機してくださっている。安心していいぞ。どうぞ」

『承知いたしました。攻撃を開始する際に、またご連絡いたします。どうぞ』

「うむ。しっかりと戦いの様子を見ておくのだぞ。将来、きっと役に立つからな。通信終わり」

ナルソンが無線機を腰に戻す。

「何だか……バルベール軍は怖いくらいにこちらの予想通りに動いてくれますね」

リーゼが複雑そうな表情で言う。

作戦自体が上手くいきそうなのは嬉しいのだが、これからすさまじい殺し合いが始まることを考えると陰鬱な気持ちになっていた。

砦の治療院は、また負傷者で溢れかえることだろう。

「彼らの状況を考えれば妥当だな。私が連中の司令官だとしても、同じようにしただろう」

『カズラ様、こちらデイドです。応答願います。どうぞ』

ナルソンがそう言った時、再び無線機から声が響いた。

一良《かずら》が腰の無線機を取り、送信ボタンを押す。

デイドは、グレゴルン領で連絡役をしているグリセア村の若者の1人だ。

「カズラです。何かありましたか？　どうぞ」

『バルベールの艦隊が、北に姿を消したのでご報告をと思いまして。どうぞ』

「すべての船がいなくなったんですか？　どうぞ」

『大型艦はすべていなくなったとのことですが、小型の船はいくらか残っているとのことです。

今朝方、一斉に北へ向かって行ったようでして。どうぞ』

「ふむ。連中は海軍も蛮族討伐《とうばつ》に繰り出したようですな」

ナルソンがほっとした様子で言う。

バルベール艦隊は、グレゴルン領との国境に一番近い港湾都市に集結していた。

内通していたダイアス（故）が領地ごと離反してバルベール側に付く予定だったが、ニーベルの反乱により彼は処刑されてしまった。

ニーベルはダイアスの名を使って偽造した親書をバルベールに送っており、その内容は、

「予定通り、戦いが始まると同時にグレゴルン領はバルベールに寝返るから、バルベール海軍はグレゴルン領海軍への攻撃は避け、王都軍とフライス領軍の船団のみを攻撃してほしい。また、海岸線にある砦はイステール領との国境にある砦が陥落したのちに明け渡すから、それまでは攻撃はしないように」

といったものだった。

直前までダイアスは内通しているふりをして彼らとやり取りを続けていたため、バルベールからしてみれば離反工作は上手くいっているはずだと考えていただろう。

ところが、いつまで経ってもグレゴルン領海軍が寝返る様子が見られず、バルベール軍は離反工作が上手くいっているのか失敗したのかの判断が付かずに攻撃できないのでは、とナルソンは考えていた。

実のところ、ニーベルが送った書状はバルベール元老院の抱える筆跡鑑定士によって別人が書いたものだと判断されていた。

それもあってグレゴルン領方面は睨み合いが続いているのだが、一良《かずら》たちは真相を知らない。

「海軍が退いたのは朗報ですね。こっちの二段櫂船は数が全然そろってないですし、海戦になったらかなり危うかったんじゃないですか？」

「海戦については詳しくないので私からは何とも言えませんが……まあ、敵が減ったことは朗報です。バルベールは海からも攻撃を受けているようですな」

「蛮族は海軍も持ってるんですね。どれくらいの規模なんでしょうか」

「少なくとも、バルベール海軍よりも強大ということはないでしょう。陸と違って海では船舶の性能と乗員の技量が物を言うとのことなので、蛮族にとっては厳しい戦いになるでしょうな」

一良《かずら》は頷き、無線機の送信ボタンを押した。

「報告ありがとうございました。引き続き、動きがあったらすぐに連絡してください。どうぞ」

『承知しました。それにしても、こっちでも血みどろの戦いになると思っていたのに、いつまで経っても敵が攻めてこないですね。最近じゃ、海で泳いだり釣りをしたりして暇つぶししてる人もいますよ。どうぞ』

「ええ……いつ戦いが始まるか分からないんですから、気を緩めちゃダメですよ。どうぞ」

『えっ？　あ、違いますよ！　俺たちじゃなくて、王都軍の若い貴族連中の話です！』

慌てた声が無線機から響く。

『俺らは真面目にやってますから！　信じてください！　どうぞ！』

「あ、それは分かってますから。遊んじゃってる人のことは、後でこっちの偉い人に伝えておきます。活を入れてもらわないとですね。どうぞ」

『はい、そうしていただけると。でも、あの人たちどうして指揮官に怒られないのかな……バレずに抜け出して遊びに行くなんて、普通に考えて無理だと思うんですけど。どうぞ』

「あー……いろいろと問題がありそうですね。何とかしますから、任せておいてください。通信終わり」

一良《かずら》が無線機を腰に戻す。

「こんな時に海水浴に釣りって、そいつら頭おかしいんじゃないの⁉　信じらんない！」

「気が緩みすぎですね……」

「こっちはこんなに大変な状況なのに……何だか、がっかりだね」

憤慨するリーゼと、顔をしかめるバレッタとニィナ。

ナルソンも、やれやれといった様子でため息をついている。

「まあ、どんな組織だってそういう人はいるよ。ただ、管理が行き届いてないのはまずい。ミクレムさんとサッコルトさんに知らせに行かなきゃな」

「私も行く！　とっちめてもらえるように、ちゃんと言っておかなきゃ！　バレッタも行くよ！」

リーゼが一良《かずら》の腕を掴み、ぐいぐいと引っ張る。

「いてて！　引っ張るなって！」

一良《かずら》は引きずられるようにして、彼女たちとミクレムたちの下へと向かったのだった。

北門を出て防御陣地へとやってきた一良《かずら》たちは、早速ミクレムとサッコルトを呼び出して事の次第を報告していた。

話を聞くやいなや、2人の顔が瞬時に真っ赤に染まった。

「何ということだ！　栄光ある王都軍の名誉に泥《どろ》を塗る行いではないか！」

「ふざけた真似を！　そいつらの名前は分かっているのですか⁉」

激怒して怒鳴り声を上げる2人の軍団長に、周囲の兵士たちがぎょっとした目を向ける。

あまりの剣幕に、一良《かずら》は思わずびくっと肩を跳ねさせた。

「い、いいえ、そこまでは聞いていません。連絡係の人から、無線で聞いただけなので」

「ならば、すぐに確認するよう、あちらの軍団長に直接我らが話します！　無線機を使わせていただきたい！」

「重営倉にぶち込んでやらねば！　丸一日『曲げ結び』にしてやる！」

続けざまに2人が言う。

曲げ結びとは、一切の身動きが取れない状態に体を縛り上げて放置する刑罰《けいばつ》だ。

糞尿垂れ流しで何時間も放置されるので、不快極まるうえにかなりの羞恥を体験することになる。

戦時中に兵士に怪我をさせるわけにはいかないので、軍規に違反した者にはこういった刑罰が用意されていた。

「わ、分かりました。じゃあ、宿舎の屋上に行きましょうか」

「ありがとうございます！　サッコルト、行くぞ！」

「おう！」

ドスドスと足音を響かせて駆けて行くミクレムとサッコルト。

そんな彼らを追いかけて、一良《かずら》たちも再び宿舎へと向かって走り出す。

「な、何か、かなり大事になりそうだな……」

「カズラさん、処罰がやりすぎになりそうだったらお二人を諫めないとですよ。あんまり苛烈にして恨みを買っても――」

心配そうな顔になっている一良《かずら》とバレッタに、先を走るリーゼが振り返って鋭い目を向ける。

「バレッタ。メリハリだよ。見せしめの意味も含めて、処罰するときは下手に手を抜いちゃダメなんだから！」

「そ、そうなんですか」

「リーゼの口から、『見せしめ』なんて言葉を聞くとは思わなかったな……」

「軍隊はそういうところなの！　甘ったれた考えで生き残れるような場所じゃないんだから！」

怒り心頭といった様子で吐き捨てるリーゼ。

「これがお母様だったら、きっとそいつら足腰立たなくなるまでぶん殴られるよ。曲げ結びくらいで済むんだから、感謝してもらわないといけないくらいだよ！」

激怒しているリーゼの背を追いながら、一良《かずら》とバレッタは「ジルコニアの耳には入らないようにしなければ」と小声で話し合うのだった。


2日後の深夜。

わずかに欠けた月が照らす暗い草原を、ベルタスを出撃したクレイラッツ軍は進軍していた。

あと半刻（約1時間）も進めば、バルベール軍の軍団要塞が見える距離だ。

兵士たちは一言も言葉を発さずに歩いており、辺りに響くのは兵士の足音と、荷馬車と荷車の車輪の音、それに虫たちの奏でるリンリンという音だけだ。

ラタに跨ったカーネリアンが、片手を上げる。

「行軍停止」

傍に控えていた兵士が1秒おきに3回、松明を大きく振った。

ぞろぞろと後ろに続いていた兵士たちが、ぴたりと止まる。

「荷馬車と荷車はここに置いていく。各軍団ごとに横陣を組ませろ」

今度は別の兵士が、大きな白い旗をバサバサと振った。

ラタに乗った部隊指揮官たちが松明を掲げ、両翼に走って行く。

後続の兵士たちは一斉に駆け出し、それぞれの指揮官の下へと集結し始めた。

第1軍団は松明が1本、第2軍団は2本といった具合に、兵士たちが迷わないように集合地点を示している。

「整列が終わり次第、前進を開始する。その際は、全員一言も口を開くな。松明もすべて消して、静かに接近する」

「カーネリアン様、本当に正面突撃のみで攻撃を仕掛けるのですか？」

隣でラタに跨るアイザックが、心配そうな目をカーネリアンに向ける。

「はい。作戦は単純なほうがいいですから」

大急ぎで集結している兵士たちを眺めながら、カーネリアンが言う。

「兵士たちへの指示は2つのみ。『合図があるまで無言で進軍』、『合図と同時に全速力で突撃して敵を殲滅』ということだけです。もとより、市民兵の集まりである我らに細かな作戦は無理ですから」

「そうですか……」

「この戦いは、たとえ我らの半数が死んだとしても勝たねばならない重要なものです。任されたからには、やりとげねば」

「はい。ムディアを陥落させれば、砦に張り付いているバルベール軍は窮地に陥ります。蛮族に背後を突かれて疲弊《ひへい》している敵国を仕留めるチャンスですからね」

「ええ。後は、東のプロティアとエルタイルさえ、同盟国としての責務を果たしてくれれば……」

険しい顔で言うカーネリアンに、アイザックが頷く。

戦いが上手くいった暁には、アイザックがクレイラッツの使者とともにバイクでプロティアとエルタイルへ状況を知らせに行くことになっていた。

すべては、この一戦にかかっているのだ。

「アイザック殿は、砦に連絡をお願いします。半刻後に攻撃を開始すると」

「承知しました」

「私は前衛部隊に加わります。生きてまたお会いできるよう、祈っていてください」

カーネリアンがラタから飛び降り、手綱を傍にいた兵士に預ける。

今カーネリアンが死ぬことはクレイラッツにとって非常に危険だが、「平等の責任を負う」

通例を破るわけにはいかない。

軍団長や司令官であっても平等に命を賭けるからこそ、クレイラッツ軍の高い戦意は保たれているのだ。

「アイザック様、我々は戦いには加わるなと言われていますが」

去って行くカーネリアンの背を見つめ、アイザックの背後の兵士が言う。

「我らの任務はカーネリアン様の護衛と砦との連絡役です。いかがなさいますか？」

アイザックが険しい顔で考え込む。

普通に考えればナルソンに確認すべきなのだが、その場合、「戦いには加わるな」と命じられるだろう。

だが、ここでもしカーネリアンが戦死してしまったらと考えると、それはそれでまずいことになる。

熟練の指揮官であり外交も手掛けられる彼を失えば、今後クレイラッツはどうなるだろうか。

彼ほど、国の将来を想ってリーダーシップを発揮できる人間が、今この国にはいるのだろうか。

「……任務を全うするまでだ。カーネリアン様をお守りする」

アイザックの言葉に、兵士たちが頷いた。

同刻、クレイラッツ国内国境付近の森。

真っ暗闇のなか、バルベール軍の5人の兵士が、大軍を率いて国境へと向かうクレイラッツ軍を視認していた。

「こりゃまた、ずいぶんと連れて来たな……」

「連中、本当に打って出てくるとは思わなかったな。数に頼ったって、待ち構えてる2個軍団相手に勝てるわけがないだろうに」

木の陰に隠れている2人の兵士が囁き合う。

2日ほど前に別の斥候部隊の兵士が「クレイラッツ軍が街を出て国境に向かっている」と伝えて来ていた。

彼らはすぐさま国境を守る2個軍団の下へと伝令を出した。

今頃、それらの軍団はクレイラッツ軍を迎え撃つために迎撃態勢を整えていることだろう。

2人の後ろに、彼らの隊長がそっと歩み寄った。

「予想より半日進軍が早い。奴らは薄暮を狙って奇襲攻撃を仕掛けるつもりだろう。お前らは急いで軍団要塞に知らせに行け」

「了解です。隊長たちは戻らないんですか？」

「連中の後続が来るかもしれないからな。そこにいる連中の襲撃を撃退して安心しているところに、続けざまに夜襲で不意を突くってこともあり得る。監視は続けるべきだろう」

隊長の意見に、２人の兵士が「なるほど」と頷く。

彼らは斥候として長きにわたって訓練を受けた専門の兵士であり、長期にわたる偵察任務はお手の物だ。

食糧はドライフルーツや干し芋といった保存食を携行しており、水は山中の沢の水を探し当てて活用している。

たとえ食料が尽きても昆虫を食べ泥水を飲んでも活動できるように訓練されている精鋭である。

バルベールは前回の戦争の教訓から偵察活動に力を入れており、同盟国側の各地に斥候を放っていた。

「今すぐ出発しろ。あまり時間はなさそうだ。報告が終わったら、またここに戻ってこい」

「「はっ！」」

２人の兵士が駆け出し、少し離れた場所に繋がれているラタに跨った。

うっそうと木々が茂る真っ暗な森を、縦に並んでかなりの速度で走り自国領へと向かう。

森を抜け、一直線に軍団要塞を目指して速度を上げた。

「がっ⁉」

その時、前を走っていた兵士の耳に、背後から仲間の声とラタの「ギュッ！」と押しつぶしたような呻き声が入った。

驚いて、何事かと振り返る。

そこには、顔をえぐられて真っ赤な肉と白い顔骨をのぞかせたラタがドタドタと走っていた。背に乗っているはずの仲間の姿がなく、それを見た彼はぎょっとして急停止した。

惰性で走っていたラタが、どう、とその場に倒れて足をばたつかせる。

「お、おい⁉」

叫んだ彼の背に、悪寒が走った。

本能でラタから飛び降り、地面に転がる。

彼がいたその場所を、巨大な白い影がばっと飛び抜けた。

数メートル先に着地したウリボウが振り返り、唸り声を上げながら彼を睨む。

彼のラタが恐怖のいななきを上げようとした瞬間、別方向から風のような速さで迫ったウリボウが、その喉笛に食らいついた。

ボキッ、と首の骨が折れる音が響き、ラタが即死してその場に倒れる。

「なっ、何でウリボウが⁉」

慌てて腰の剣を抜く彼は、はっとして周囲に目を走らせた。

口からボタボタと血を滴らせた2頭のウリボウが、闇の中から音も立てずににじり寄って来ている。

ひっ、と悲鳴を彼が上げた瞬間、4頭のウリボウが一斉に彼に飛び掛かった。

真っ暗な森の入口で、人の姿のティタニアは4頭のウリボウとともに、遠目に見える軍団要塞を見つめていた。

彼女の足元には、物言わぬ骸《なきがら》となった2人のバルベール兵が横たわっている。

亡骸は、先ほど軍団要塞へと向かって行こうとしていた兵士たちのものだ。

ウリボウたちが「戦利品」としてここまで運んできたのである。

——どうにも、人間は食べる気にならないのよね……。

口元を血で汚したティタニアが、はあ、とため息をつく。

ティタニアは人間のことが好きなので、たとえ敵対している相手だとしても食べる気にはならないのだ。

狩った獲物を食べないというのはよくないとも思うのだが、これぱかりはどうにも気が進まない。

一緒に仕留めたラタは、他のウリボウたちと食べてしまっている。

だが、つい先ほど1頭はほぼ食べつくしたのだが、すでに満腹でもう1頭は入らなそうだ。

昨夜も同じようにラタを1頭食べてしまっており、食べすぎで腹がはち切れそうになっていた。

一良《かずら》に持たされた食料は、2日前から食べていない。

明日の食事もラタなのか、とティタニアがぼんやり考えていると、森の中から1頭のウリボウが駆けて来た。

「あら、どうしたの？」

寄って来たウリボウの頭を、優しく撫でる。

そのウリボウはきゅんきゅんと鼻を鳴らし、見てきたものをティタニアに話し出した。

アルカディアの砦の近くの森にいた数人の人間が、こちらに向かって来ているとのことだ。

「……そう。たぶん、それもこの前と同じでバルベールの兵士じゃないと思う。他の子たちと一緒に後をつけなさい。もしバルベールに向かうようなら、殺しちゃっていいから」

ウリボウがこくりと頷く。

ティタニアは3日ほど前、別のウリボウからも似たような報告を受けていた。

クレイラッツ国内から東に向けて山中を走っている人間がいるとのことだったのだが、判断に困ったティタニアは砦に無線機で連絡を入れた。

ナルソンたちによると、それはおそらくプロティア王国かエルタイル王国の斥候だろうとのことで、バルベール国内に入らない限りは尾行をするに留めることになっている。

「あ、ちょっと待って」

踵を返そうとするウリボウを、ティタニアが呼び止める。

「これ、食べていく？　私たちお腹一杯なの」

ティタニアが手付かずのラタと兵士の死体を指差すと、ウリボウは困り顔で首を振った。

「食べている途中でコルツの顔を思い出しそうだから人間は嫌だ。砦で貰ってきた食べ物を食べるからラタもいらない」と言っている。

ティタニアは「そうだよね」と苦笑した。

「うん、分かった。もう行っていいよ」

ウリボウが駆け出し、音もなく闇の中に消えて行く。

そのウリボウがいなくなってすぐ、満腹で食休みをしていた4頭のウリボウが、同時に身を起こした。

ティタニアも、彼らが見ている方へと目を向ける。

「……来たか」

ティタニアの体が、一瞬で黒いウリボウの姿になる。

クレイラッツの軍勢が、いよいよ軍団要塞へと迫りつつあるようだ。

彼女にとっての長い1日が始まった。

空がわずかに白み始めた頃。

クレイラッツとの国境を守るバルベール軍第4軍団の軍団要塞は、いつものようにのんびりとした朝を迎えようとしていた。

警備兵以外のすべての兵士はいまだに就寝中で、櫓《やぐら》で見張りをしている兵士と軍団要塞内を巡回している兵士以外はまだ深い眠りについている。

あと半刻もすれば使用人たちが起き出し、朝食の準備を始めるだろう。

軍団要塞はぐるりと二重の堀で囲まれており、２つの跳ね橋が設置されていた。

夜間偵察に出た斥候を迎え入れるため、今はそれらの橋は下ろされている状態だ。

「斥候の奴ら、今日はずいぶんと遅いな。そろそろ夜が明けちまうぞ」

跳ね橋の上に立つ見張りの兵士が闇夜を見つめながら言う。

そろそろ斥候に出た者たちが帰ってきてもいい頃合いなのだが、一向に戻って来る様子がない。

「あー、眠くてたまんね……ふああ」

それを聞いているんだかいないんだか、櫓の上で気だるそうにしている兵士が大あくびをしながらぼやいた。

跳ね橋の兵士が呆れた顔を櫓に向ける。

「お前、さっきからどんだけあくびすれば気が済むんだよ。軍団長に見られたらぶん殴られるぞ」

「眠いもんは眠いんだよ。昨日は昼間の間、ずっとサイコロやってたからな」

「おま……寝ないで博打なんてやってたのか」

呆れ顔で言う兵士に、櫓の上の兵士が「にしし」と笑ってみせる。

「おう。それがさ、最初は負け続きだったんだけど、後半は運が向いてきて連戦連勝でさ。他の連中は取り返そうって熱くなって、もう一回、もう一回って言ってるうちに1カ月分の給金を稼がせてもらったよ。いやぁ、こんなにツイてることもあるんだな」

「そりゃようござんしたね……だけど、間違っても指揮官連中に見つかるなよ。大目玉じゃ済まないぞ」

バルベール軍ではトラブル防止を理由に賭け事は禁止されている。

もし違反した場合は最低でも重営倉送り、悪ければ不名誉除隊という重罪だ。

とはいえ、禁止されているからといって彼らが素直に聞き入れるはずもなく、隠れてこっそりサイコロに興じるというのが当たり前となっていた。

彼らが主に行っているギャンブルは、サイコロを2つ使った「出目予想」というゲームだ。

サイコロを2つ振り、出目の合計が6以下、7以上、ゾロ目、のどれかに賭けるというものである。

親を持ち回りにして複数人で遊ぶのが常で、6以下もしくは7以上の予想を当てれば2倍のバック、ゾロ目では6倍バックというシンプルなものだ。

サイコロはコップに入れた状態で振って伏せ、すべての参加者が予想を言うまで開けない。

いざ出目を確認する時に緊張と期待が交差するシンプルにしてスリリングなゲームで、バルベールでは人気がある賭け事だ。

「分かってるって。でも、こうも毎日暇じゃなぁ。砦に向かった連中みたいにおこぼれにもあずかれないし、つまんねえな」

「そう言うなって。戦わないで済むなら、そのほうがいいじゃねえか。俺は戦闘なんてまっぴらごめんだよ」

「勝ち戦なら話は別だろ。制圧してゴタゴタしてる時なら、少しくらい金目の物をちょろまかしても……」

「ん？　どうした？」

跳ね橋の上にいる兵士が、怪訝な顔で櫓を見上げる。

「て、敵襲！　クレイラッツ軍だ！」

櫓の兵士が叫び、天井に備え付けられている金を金槌でガンガンと叩いた。

跳ね橋の兵士がぎょっとして、前方を見る。

それと同時に、薄暗がりの中、かなりの数の人々が屈んでいた身を起こし、こちらへと一斉に駆け出す姿が見えた。

その後方から駆けて来る騎兵の集団も現れ、一目散にこちらへと突っ込んでくる。

「なっ⁉　そんな通達なかったぞ⁉　本当にクレイラッツ軍なのか⁉」

「知るか！　跳ね橋を上げろ！　突っ込んでくるぞ！」

櫓の兵士が必死に鐘《かね》を叩きながら叫ぶ。

「どうしてこんなに接近されるまで気づかなかったんだよ！　斥候は何をしてやがったんだ!?」

跳ね橋の兵士が慌てて1つ目の跳ね橋へ走り、ロープを引っ張って橋を上げる。

そこに、猛烈な勢いで突っ込んできた騎兵の集団が槍を投げつけた。

そのうちの1つが上がりかかっていた橋を飛び越えて、彼の顔に直撃した。

上がりかけていた橋が、バタンと下りる。

「ああくそっ！　誰か門を閉めろ！　跳ね橋を上げてくれ！」

数十の騎兵がそのまま軍団要塞内へと侵入し、ラタから飛び降りて剣を抜いた。

慌てて集まってきたバルベール軍兵士と壮絶な斬り合いが始まる。

駆け付けた兵士たちは門を閉じようと突破を試みるが、決死の覚悟のクレイラッツ軍兵士たちは斬り殺されながらも一歩も退かない。

そうこうしているうちに駆け寄って来たクレイラッツ軍の軽歩兵たちが入口へと殺到し、無数の石弾と矢が軍団要塞内へと降り注ぎ始めた。

「ふざけんな！　こんなところで死んでたまるか！」

櫓の兵士が弓を手に取り、入口に殺到するクレイラッツ軍兵士に頭上から矢を放つ。

死に物狂いの両軍の兵士たちの、壮絶な殺し合いが始まった。

その頃、アルカディアの砦では、宿舎の屋上に首脳陣、それに加えてルグロ一家が集まっていた。

皆が私服姿で、ココアやコーヒーの入った水筒を手に、雑談しながらちびちびと飲んでいる。無線番としてニィナたち村娘も一緒で、朝食代わりにお菓子をつまみながら雑談に興じていた。

あれから、砦の前に展開しているバルベール軍は一度も攻撃を仕掛けて来ていない。

その代わり、新たにいくつもの遠投投石機《トレビュシェット》を建造して、まるで見せつけるかのように彼らの防御陣地の前に並べていた。

「そろそろ始まる頃かしら」

石造りの柵に頬杖を突いていたジルコニアが、クレイラッツの方向に目をやりながらぽつりと言う。

「お母様は、クレイラッツ軍はムディアを陥落させることができると思いますか？」

リーゼがコーヒーを飲みながら、ジルコニアに問いかける。

「どうかしらね。完全に奇襲が成功すれば、もしかしたら勝てるかもね」

「もし勘付かれたら、難しいでしょうか？」

「軍団要塞に籠られちゃったら、まず勝てないでしょうね。たとえ包囲しても、攻めあぐねているうちに準備を整えられて、一点突破でこられたら防ぎようがないわ」

バルベール軍の兵士たちの練度はかなり高く、個々の戦闘能力には目を見張るものがある。

市民兵で構成されているクレイラッツ軍では、長期戦となった場合はかなり分が悪いだろう。

「まあ、もしムディアの攻略が失敗しちゃっても、私たちがやることは変わらないわ」

「そうなったらひたすらに力攻め、ですね」

「ええ。こっちで敵の主力を引き付けておけば、蛮族が勝手に暴れてくれるでしょうし。じわじわと出血させて、頃合いを見て総攻撃ね」

ジルコニアの言葉に、傍でコーヒーを啜っていたサッコルトが深く頷く。

「北から奇襲を受けている今ならば、勝機は我らにある。必ずやバルベールを撃ち滅ぼしてやろうではないか」

「サッコルトさん、やる気満々ですね」

一良《かずら》が言うと、サッコルトは当然と胸を張った。

「征服戦争を仕掛けてくるような連中は、打倒するしか手はありませんので。それに、グレイシオール様を始めとする神々をお守りするという意味でも、絶対に彼らを滅ぼさねば」

「うむ。我らを想い、神々までもが現世に現れてご助力くださっているのだ。天に仇なすバルベールの野蛮人どもは、この世界から駆逐してやらねばならん」

ミクレムも同意して話に加わる。

バルベールに敗北するということは王家が潰えるということであり、王族の彼らにとっては死活問題だ。

他の貴族たちは上手く取り入れば助かるかもしれないが、王族に限っては皆殺しの憂き目に遭うだろう。

生き残るためには、バルベールを完膚なきまで叩きのめすしかないと考えていた。

近くで子供たちとココアを飲んでいたルグロが、顔をしかめる。

「まーたお前らは極端なことを……もっと先のことを考えろって。蛮族の背後には、とんでもなくやばい連中がいるかもしれないんだぞ？」

「そうかもしれませんが、まずは面前の脅威を排除することが先決なのです」

「ミクレムの言うとおりです。遠くを見すぎると足元が見えなくなってしまいます。推測の話を気にしすぎて現状をおろそかにすると、取り返しのつかない痛手を被ることになりますぞ」

「いや、お前らの言うことも分かるんだけどさ」

2人の意見に、ルグロが困り顔になる。

そんな彼に、ジルコニアが冷めた目を向けた。

「殿下、甘い考えはお捨てください。今は全力でバルベールを打ち倒す。それでいいではないですか」

「打ち倒すのはいいんだけど、その後のことが心配でさ……」

「確証のある話なら考えるべきですが、現時点ではただの推測です。今考えるべきことではないのでは？」

「いや、でもさ……」

なおも渋るルグロに、ジルコニアの表情に苛立ちが浮かぶ。

——カズラ、これまずいよ！　話を逸らして！

——わ、分かった！

瞬時に気づいたリーゼと一良《かずら》がアイコンタクトで言葉を交わす。

「と、ところで、ミクレムさんもサッコルトさんも、最近体の調子はどうですか？」

「あっ、そうでした！　それについて、カズラ様にお伺いしようと思っていたところでして」

「このところ、以前よりもだいぶ体が軽くなった気がするのですが、やはりこれはカズラ様が？」

ミクレムに続いて言うサッコルトに、一良《かずら》はすぐに頷いた。

「ええ。お二人ともすごく頑張ってくれているので、ちょちょいと祝福をかけておきました。最近、すごく体調がいいでしょう？」

「おお、やはりそうでしたか！　ありがとうございます！」

「悩みの種だった腰痛が急に消えて驚いていたのですが、まさか祝福をかけてくださっていたとは……！」

ミクレムとサッコルトが感激した様子で一良《かずら》に頭を下げる。

2人の食事には一良《かずら》が持ってきた食べ物を何品か加えており、身体能力の強化も完了した頃合いだ。

一良《かずら》に忠実なうえに要職を務めている彼らにもしものことがあっては大変なので、そうすることにしたのだ。

食べ物の効能についても話そうか考えたのだが、あえて言う必要もないので黙っていることになっていた。

「お二人には今後とも頑張ってもらわないといけませんからね。頼りにしていますから、これからもよろしくお願いします」

「ははっ！　このミクレム、生涯をかけてカズラ様にお仕えいたします！」

「私もです！　どうぞ我らを手足と思って、使い倒してください！」

「あはは、よろしくお願いします。あ、これ食べます？　チョコレートっていうんですけど、コーヒーとよく合いますよ」

一良《かずら》がポケットからチョコレートの箱を取り出し、開封して2人に差し出す。

綺麗な金色の個包装を見て、2人が「おお」と声を上げた。

「包みの中にお菓子が入ってるんで、破いて取り出してくださいね」

「これはこれは、では1つ頂戴して……」

「むっ、美味い！　何とも上品な、とろけるような甘さですな！」

チョコを口に入れた2人が驚きに目を剥く。

「でしょう？　栄養満点なんで、疲れた時にはもってこいですよ。他のお菓子と一緒に、後で何箱か渡しますね」

「いやぁ、かたじけない！　カズラ様がお持ちの食べ物は、どれも最高に美味いので楽しみです！」

「お気遣い痛み入ります！　お伝えくださる技術もさることながら、食べ物もまた素晴らしいものばかりで感服しきりです！」

「はは、これくらいで喜んでもらえるなら、いくらでも」

「何と慈悲深い！　カズラ様のような神様に直接施しをしていただけるとは、私は本当に幸せ者です！」

「いやはや、アルカディアに生まれた幸運を天に感謝せねばなりませんなぁ！」

ひたすらにヨイショする2人に、一良《かずら》もそうかそうかと笑顔で頷く。

「あっ、そのチョコ、私まだ食べたことないやつだ！　1つ頂戴！」

リーゼが明るい声で一良《かずら》に駆け寄る。

「ああ、いいぞ。ルグロとジルコニアさんもどうぞ」

「ん、チョコか。子供らの分もあるかな？」

「12粒入りだから、1人1粒は食べられるよ。2箱持ってきてあるから」

「そっか！　おーい、ルティ！」

「ほら、ジルコニアさんも。そんな難しい顔してないで」

「……いただきます」

ジルコニアが仏頂面のまま、チョコに手を伸ばす。

袋を開けてぱくっと口に放り込むと、その瞳が輝いた。

「これ、すごく美味しいですね！　いつものチョコと違いますよ!?」

「『生チョコ仕立て』っていう種類のものですよ。渡したお菓子のなかに入ってませんでしたっけ?」

「貰ってないです！　こんなに美味しいチョコがあっただなんて……！　取り置きはありますか!?」

「種類ごとに箱買いしてきてあるんで、あと20箱くらいはあるはずですけど」

「全部ください！」

「強欲すぎません!?　あ、ナルソンさんもチョコどうぞ！」

「は、はあ」

ピリピリした雰囲気から一転して、わいわいと騒ぐ一良《かずら》たち。

そんな彼らを、ニィナは少し離れたところからバレッタと眺めていた。

「王家の軍団長さんたち、カズラ様の前だとほんと調子いいよね」

「あはは……まあ、仕方ないよ。神様の前だもん」

「ねえねえ、神様と言えばさ。カズラ様と何か進展はあった？」

傍にいたマヤがバレッタに声をかける。

他の村娘たちも、興味津々と言った様子で顔を向けた。

「え？」

「『え？』じゃないでしょ。いい加減はっきりさせなよ。カズラ様、いつまで私たちの傍にいてくれるか分からないんだし」

「そうだよ。神様の国に帰っちゃったらもう会えないんだよ？」

マヤに続き、別の村娘もバレッタに言う。

「え、ええと……それは大丈夫だから。戦争が終わった後は、村でずっと暮らすって言ってたし」

「えっ、そうなの？」

「うん。村でのんびり生活したいって言ってくれたよ」

「そうなんだ……」

それを聞いていたニィナが口元に手を当て、「むむ」と考える。

「……よし！　じゃあ、戦争が終わったらすぐに告白しなさい！　それで、村で結婚式挙げるの！　決まりね！」

「え、ええっ!?」

「もう、バレッタのこと羽交い絞めにしてでも告白させるからね！　今から覚悟決めておいて！」

「それいいね！」

「バレッタ、頑張らなきゃダメだよ！」

「う、うう……」

はやし立てるニィナたちに、バレッタが顔を赤くしてうつむく。

『ティタニアです。カズラ様とお話がしたいのですが。どうぞ』

そんな話をしていると、ニィナの無線機からティタニアの声が響いた。

アイザックやグレゴルン領との連絡が混線しないよう、無線機のチャンネルはそれぞれ分けられている。

「ニィナです。今、カズラ様と代わりますので……カズラ様、ティタニア様から無線連絡です！」

ニィナが一良《かずら》に手を振って呼び寄せる。

『アイザックです。ナルソン様はおられますでしょうか？　どうぞ』

それとほぼ同時に、今度はマヤの無線機にアイザックの声が響いた。

「マヤです。少々お待ちを！　ナルソン様ー！」

一良《かずら》とナルソンがやって来て、それぞれ無線機を受け取った。

ミクレムやジルコニアたちも集まってきて、緊張した表情で口を閉ざす。

『彼らの要塞から出てきた伝令は全員仕留めましたよ。ついでに、ムディアの街と要塞を行き来していた兵士も――』

『クレイラッツ軍の奇襲は成功です。2つの軍団要塞内に突入して乱戦になっている模様で――』

アイザックとティタニアの報告が無線機から響いた。

カーネリアンの指揮するクレイラッツ軍は、2つあるバルベール軍団要塞のうちの1つに雪崩れ込んでいた。

奇襲は完全なかたちで成功し、もう1つの軍団要塞にも別動隊が突入している。

そちらは跳ね橋を上げられてしまったのだが、兵士たちは空堀を渡って塀に梯子《はしご》を掛けて内部に入り込み、内側から跳ね橋を下ろすことに成功していた。

寝込みを襲われたバルベール軍兵士は鎧すら身に着けていない者たちが大半で、剣と盾のみを持った者たちばかりだ。

いくら戦闘能力に優れているといっても、防具なしでは簡単に傷を負ってしまう。

そのうえ、クレイラッツ軽歩兵たちは「敵1人に対して必ず2人以上で当たれ」と言い聞かされている。

混乱するバルベール兵たちの間では、すさまじい勢いで負傷者が発生していた。

「兵舎の扉を塞げ！　奴らを閉じ込めろ！」

カーネリアンが剣を振るいながら、大声で叫ぶ。

市民兵たちが手近な兵舎へと走り、扉を押さえつけて用意してきた木板を釘で打ち付ける。

このアイデアは一良《かずら》が出したものであり、「それはいいアイデアだ」とカーネリアンが採用したのだ。

アイデアの元は、毎年大晦日にテレビでやっていた「忠臣蔵」である。

「窓から出てくる奴は串刺しにしろ！」

「この辺りはほぼ制圧したぞ！　投降した敵は縛り上げろ！」

あちこちで部隊長たちが大声で叫ぶ。

実際のところは戦闘が始まったばかりで、各所で激しい戦いが続いていた。

叫んでいるのは敵兵の士気を下げるためであり、兵舎にいる寝ぼけ眼の者たちが怯《ひる》んで外に出てこなくなることを狙ってのことである。

「敵の軍団長を仕留めたぞ‼」

カーネリアンが目一杯の大声を上げ、周囲の市民兵たちが歓声を上げる。

掃討戦に移行しろ、と部隊長たちが叫び、市民兵たちが部隊長の言葉を繰り返す。

あちこちで上がる偽情報に、状況を正確に把握できていないバルベール兵たちは各所で混乱に陥っていた。

「偽情報だ！　惑わされるな‼」

「っ！」

駆けつけてきた鎧を身に着けていない壮年のバルベール兵が、カーネリアンに突進する。

振り下ろされた剣の一撃を、カーネリアンが盾で受け止める。

強烈な一撃に体勢を崩しながらも、相手の胴を狙い剣を突き出す。

バルベール兵は盾の縁でそれをはじき、カーネリアンを蹴《け》り飛ばした。

「ぐっ⁉」

「卑怯者め！　死で償え！」

背中から倒れ込んだカーネリアンにバルベール兵が駆け寄り、その首筋を剣で突く。

だが、彼が突き出したその腕は、ザシュッ、という音とともに宙を舞った。

「なっ――」

バルベール兵が驚愕に目を見開く。

次の瞬間、彼の視点は突如として上下逆さまになった。

一瞬のうちに首が刎ねられ、その頭が地面に転がる。

切断された首から盛大に血が噴き出し、唖然とした顔で倒れているカーネリアンに降り注いだ。

「カーネリアン様、微力ながら加勢させていただきます」

血濡れの長剣を手にしたアイザックが、たじろいでいるバルベール兵たちを見据えて静かに言う。

彼の後ろには、護衛として付いてきたジルコニアの子飼いの兵士たちが付き従っていた。

「我らには神々の加護がある！　恐れるな！　敵を蹴散らすぞ！」

アイザックが叫び、敵兵へと駆け出した。

重厚な鎧を着ているとは思えないほどの速さで敵へと迫り、目視できないほどの速さで剣を横なぎに振るう。

慌てて盾を構えた敵兵の盾を粉砕《ふんさい》し、勢いのまま振り抜く。

ザクッ、という音とともに敵兵の胸が切り裂かれて血しぶきを上げた。

アイザックは足を止めず、続けざまに近場の敵へと突進した。

「ひ、ひいっ！」

怯えた顔で槍を突き出す敵兵に対し、その懐に潜り込んで腹に剣を突き刺した。

そのまま力任せに剣を真横に振るい、敵兵は腹を切り裂かれて臓物を地面にぶちまけた。

突然現れた怪物じみた力を振るうアイザックの姿に、周囲で戦っていた敵と味方が驚愕の眼差しを向ける。

「劣勢になっている味方を援護しろ！　各員散開！」

アイザックの指示で、近場の敵を片付けた兵士たちがあちこちへと散っていく。

アイザックが目の前でたじろいでいる数人の敵兵を睨みつけた。

「グレイシオール様に牙を剥《む》く愚か者ども‼」

アイザックがあらん限りの声を張り上げる。

「命が惜しければ投降せよ！　さもなくば――」

突如、アイザックが目の前を剣で振り払った。

正面から彼に飛来した矢の矢じりに剣の刃が直撃し、ギィン、と音を響かせて火花を散らす。

矢はくるくると回転し、アイザックの足元の地面に突き刺さった。

信じられないといった顔をしている敵の弓兵目掛けて、アイザックが突進する。

「う、うわあっ⁉」

弓兵の前にいた兵士が恐怖のあまりに目をつぶり、剣を突き出す。

アイザックは地面を蹴って大きくジャンプし、その兵士の肩を踏み台にしてさらに跳んだ。

「おおおッ‼」

驚愕の表情で見上げてくる弓兵目掛け、渾身の力で剣を叩き下ろす。

首筋から股下まで一息で切り裂き、一拍置いて、縦に分かれた弓兵の体がずるりと別々の方向に崩れ落ちた。

踏み台にされた兵士は悪夢のような光景に腰を抜かし、へなへなとその場にしゃがみ込んだ。

「……武器を捨てて投降しろ」

アイザックがぎろりと彼を睨む。

彼は震えながらこくこくと頷き、握っていた剣を投げ捨てた。

付近にいた数人の敵兵も戦意を喪失《そうしつ》し、ガタガタと震えながら武器を捨てて両手を上げる。

アイザックはいまだに地面に尻もちをついているカーネリアンに目を向けた。

カーネリアンが、びくっ、と肩を跳ねさせる。

「カーネリアン様、立てますか？」

「は、はい」

カーネリアンが慌てて立ち上がり、近くにいた市民兵たちに投降した敵兵の捕縛を指示する。

アイザックは前方に目を向けた。

「行きましょう。敵の軍団長を捕らえれば、我らの勝利です」

敵を求めて、アイザックが駆け出して行く。

カーネリアンはその後を追いながら、「アルカディアを裏切らずに済んで本当によかった」

と心の底から思うのだった。

太陽が頭上に差し掛かる頃、広々とした草原で1人座り込んでいた人の姿のティタニアは、ほっとした様子でため息をついた。

軍団要塞内から響き続けていた怒声や剣戟の音は、少し前からすっかり聞こえなくなっている。

微かにだが、クレイラッツ兵たちの勝ちどきの声が聞こえており、どうやら奇襲作戦は上手くいったようだ。

彼女の傍には、3人のバルベール兵がぐうぐうとイビキをかいて眠りこけている。

戦闘開始直後に時間差で軍団要塞から出て来た伝令を、彼女が人と対話する際に用いる術を使って強制的に眠らせたのだ。

彼らを乗せていたラタは地面に打った杭に手綱を縛り付けてあり、3頭ともガタガタと震えながらティタニアを凝視している。

ラタたちにはティタニアの真の姿が分かっているようだ。

——この人たち、どうしようかな。

熟睡しているバルベール兵を、ティタニアが困り顔で見つめる。

殺してしまおうかとも思ったのだが、人間は戦争で捕虜を取ることをティタニアは知っていた。

奴隷として売り払ったり、戦争相手との捕虜交換に使ったりしているのを、何百年か前に目にしたことがある。

砦まで連れて帰れば、一良《かずら》たちが喜んで何かご褒美《ほうび》をくれるかもしれない。

イステール領では騎兵に使うラタが不足しているようなので、ラタも生かしておいたほうがいいだろう。

——よし、そうしよう。

ティタニアは立ち上がり、よっこらしょ、とバルベール兵の1人を肩に担いだ。

「言うことを聞いてくれれば、食べないでおいてあげる。大人しくしてなさい」

ラタたちに言い聞かせ、その背にバルベール兵を載せた。

そうしていると、右前足の肩の部分を血で染めた1頭のウリボウが、彼女の下へと駆けてきた。

そのウリボウは彼女の前で立ち止まると、きゅんきゅんと鼻を鳴らして話し出した。

「……そう。そんなにたくさん仕留めたの。お疲れ様」

ティタニアがウリボウの頭を撫でる。

大混乱に陥った軍団要塞からは、散発的に何度も伝令がムディアやアルカディア方面に向けて送り出されていたようだ。

草原に身をひそめていたウリボウたちはそのすべてを仕留め、敵の動きがなくなったところで連絡を寄こしたらしい。

怪我をしたのは彼だけのようで、他のウリボウたちは全員無傷とのことだった。

最年少の彼は今までよりも圧倒的な力を発揮できるようになったことで調子に乗ってしまい、槍を突き出しているバルベール兵にうっかり真正面から飛び掛かって一突きされてしまったらしい。

分厚い毛皮のおかげである程度は防げたが、傷口からはピンク色の肉がのぞいていてかなり痛そうだ。

ちなみに、彼に手傷を負わせたバルベール兵は、怒り狂った彼によって肉塊《にくかい》に変えられてしまった。

「傷を診せて。手当てしてあげる」

ティタニアは荷物袋から軟膏《なんこう》とガーゼを取り出した。

たっぷりと軟膏をつけ、傷口に当てて包帯で縛る。

ペットボトルを取り出し、彼に上を向かせて鎮痛剤と一緒に水を飲ませてあげた。

彼が満足そうに、ぺろりと自分の口の周りを舐める。

「他の子たちに、そのまま見張りを続けるように言っておいて。また誰か来るようだったら、それも殺しちゃっていいからね」

彼は頷き、軽快な足取りで戻って行った。

ティタニアはそれを見送ると、震えているラタたちに目を向けた。

「私に付いてきなさい。食べられたくなかったら、逃げないでね？」

3頭のラタが小刻みにこくこくと頷く。

ティタニアは漆黒のウリボウに姿を変えると、ラタを繋いでいた杭を前足の爪で薙ぎ払った。

ビキッ、という音とともに杭が根元から切断され、地面に落ちる。

ティタニアはそれを咥え、軍団要塞へと向けてゆっくりと歩き出した。

——あ。

数歩歩いたところで、ティタニアは立ち止まった。

——皆に任せっぱなしで、私全然戦ってないや。

むむ、とティタニアは考える。

サボっていたとまでは思われないだろうが、簡単に片付いたと考えられて「ご苦労様」で終わらせられてしまってはつまらない。

ここは、自分も他のウリボウたちと一緒に死に物狂いで戦い、あわや殺されかけたという作り話をすることにしよう。

頑張ったご褒美にと、美味しいものをたっぷり貰えるに違いない。

そのついでにおねだりすれば、今後の朝食で毎回フレンチトーストを出してもらうことも夢ではない。

——食いしん坊なオルマシオールに恩を売るチャンスね。今から楽しみ。

くすくすと笑いながら、ティタニアは再び歩き出した。

その頃、砦で子供たちと遊んでいたオルマシオールは、盛大なくしゃみをして目の前にいた子供の1人を吹き飛ばしてしまっていた。

第4章　ムディア制圧作戦

その日の夜。

砦の宿舎の屋上では、一良《かずら》たちアルカディア首脳陣とクレイラッツ軍の2人の指揮官がテーブルを囲んでいた。

テーブルにはアルカディア、バルベール、クレイラッツの地図が広げられており、現在判明している敵軍団の位置と味方の位置に駒が置かれている。

その隣では、ルグロ一家がバレッタやエイラたちと一緒に、レンガと針金で作った即席のグリル台でバーベキューをしている。

じゅうじゅうと金串に刺された肉（神戸牛）が焼ける様子を、行儀良くお座りしたオルマシオールがじっと見つめていた。

コルツ一家とミュラ、ターナも一緒で、リーゼやルグロの子供たちと串に刺したマシュマロを焼いている。

バルベール軍が攻撃してこないとも限らないので、前線の防御陣地は常に準戦闘態勢の状態だ。

夜勤と日勤に兵士を分け、いつ攻撃されても大丈夫なように待機させている。

司令官も同様で、夜間は副軍団長、昼間は軍団長といった割り振りになっていた。

「これで、連中の情報を完全に寸断した状態で2個軍団を撃破したことになります」

クレイラッツ国境に置かれた軍団要塞を示す2枚の布の上にあった、敵の軍団を意味する凸型の2つの赤い駒をナルソンが取る。

代わりに、クレイラッツ軍を示す凸型の緑色の駒を6つ置いた。

つい先ほど、アイザックから作戦成功の無線連絡がきたところだ。

2つの軍団要塞を襲ったクレイラッツ軍は、突入と併せて北と東西の出入口にも兵を回し、戦闘開始から数十分で完全封鎖に成功したらしい。

退路を断たれたバルベール軍は激烈な抵抗を見せたが、軍団長を捕らえて降伏を宣言させると抵抗を止めたとのことだった。

兵士たちがすぐに命令に従うあたり、命令遵守が徹底していることが分かる。

「明日の朝、ここから3個軍団を抽出し、1個軍団をムディアへ先行させて、残りの2個軍団は時間差で進軍させます」

「危険な賭けでしたが、成功してよかった……」

「作戦どおりに事が進めば、ムディアは無血で占領できる、か。しかし、そう上手くいくかどうか……」

クレイラッツ軍の指揮官の2人が地図上のムディアを見る。

彼らはカーネリアンの代理として、砦にいるクレイラッツ軍の指揮を任されている。

11年前の戦いでも指揮官をしていた古参兵だ。

「ムディアは巨大な防壁を張り巡らせているうえに、街の周囲を川で囲まれた難攻不落の城塞《じょうさい》都市《とし》です。もし作戦が失敗すれば、我が国の軍だけでは攻め落とすのは難しいでしょう」

指揮官の1人が険しい顔で言う。

ムディアは大規模な穀倉地帯を有し、街なかを多数の川が流れる大都市だ。

街を囲うようにして大きな水路が掘られているため、攻める側にはかなり厄介な地形となっている。

人口もさることながら食料備蓄もかなりの量があると思われ、持久戦になれば苦戦は必至だ。

「上手くいきますよ。全員、バルベール軍の鎧を着て、奴らの旗を掲げて行くんですから」

ジルコニアが自信ありげに言う。

クレイラッツ軍は軍団要塞で鹵獲《ろかく》した装備を身に着けて、バルベール軍に扮《ふん》してムディアに侵入することになっている。

ムディアの守備隊は伝令もなしに突然現れた軍団に驚くだろうが、軍団旗を掲げていれば疑われることはないだろうというのがナルソンの予想だった。

街に入ったと同時に出入口を確保し、後続の2個軍団を迎え入れて街全体を制圧するのである。

ムディアの守備隊は首都に救援を求める伝令を出すだろうが、それはティタニアたちウリボウ軍団が始末することになっている。

この作戦の発案者はジルコニアだ。

「うむ……しかし、卑怯このうえない作戦だな……」

ミクレムが顔をしかめながら言う。

彼は攻撃戦を得意とする果敢な性格の軍人であり、搦め手の類はあまり好まない。

奇襲のような作戦ならまだしも、騙し討ちというのは気が進まないのだ。

「卑怯もなにも、休戦条約を破って攻めてきた連中が相手なんですよ？　こちらもやり返すだけの話じゃないですか」

やや不機嫌そうに言うジルコニアに、ミクレムが「そうだな……」と頷く。

王族に対してもずけずけと物を言うジルコニアに、ナルソンはヒヤヒヤ顔だ。

「ま、死人を出さないで街を獲れるってんだから、いい作戦だと俺は思うぜ？」

ルグロが肉の挿さった鉄串を引っ繰り返しながら、ジルコニアたちに笑顔を向ける。

「街を取り囲んで攻城戦ってなると、何カ月もかかるうえにとんでもない被害が出るもんなんだろ？　騙し討ちでも何でも、どんどんやったほうがいいって」

「それは分かるのですが、武人としては釈然としないところがあるのですよ……」

「ミッチーは真面目だなぁ。ほら、肉でも食って余計な考えは吹き飛ばしておけよ」

肉の挿さった串を差し出すルグロ。

ミクレムは慌てて立ち上がり、小走りでルグロの下へと向かうと串を受け取った。

「いやはや、お気遣い感謝いたします。しかし、何とも豪快な料理ですな」

ミクレムが肉にかぶりつく。

もぐもぐと咀嚼し、驚いたように目を見開いた。

「おおっ、これはずいぶんと柔らかくて美味い肉だ。口の中でとろけてしまいましたぞ！」

「おっ、そうなのか。その肉、カズラが用意してくれたやつなんだぜ。な？」

ルグロが一良《かずら》に、にかっと笑みを向ける。

「うん。ものすごく高級なやつだから、美味しいと思うよ」

「よし、俺も1つ――」

「あ、あの、殿下。オルマシオール様が……」

生肉を串に挿していたバレッタが、ルグロに声をかける。

ルグロが振り向くと、目の前数センチの距離にオルマシオールの顔があった。

恨めしそうな顔で涎をボタボタと垂らしており、心底不満そうだ。

「うわっ⁉　あ、肉か！　失礼しました！」

ルグロが慌てて網から串を取り、木のおぼんに串から肉を外して移す。

どうぞ、と足元に置かれたそれに、オルマシオールは勢いよくかぶりついた。

ものの数秒でぺろりと食べ終え、「次を寄こせ」と言わんばかりにルグロを見る。

巨大なオルマシオールは座った状態でも、顔の高さは立っているルグロと同じだ。

ルグロが大慌てで別の串を取り、オルマシオールのおぼんに肉を移す。

「皆さん、そろそろお肉が焼き上がり始めたので、いったん食事休憩にしてはいかがでしょうか」

「ふふ。早く行かないと、オルマシオール様に全部食べられちゃいそうね」

バレッタの呼びかけに、ジルコニアが苦笑して席を立つ。

無線番をしているニィナたちも、待ってました、と言わんばかりの顔で駆け寄った。

もちろん、無線機は腰に付けたままだ。

「ナルソン殿、約束していただいた薬の件なのですが……」

「今頃、あちらは怪我人だらけのはずです。貴国で発明したという、『血清』はいつ頃届けられるのでしょうか？」

立ち上がったナルソンに、クレイラッツ軍指揮官たちが声をかける。

「昨夜のうちにバイクで医者と一緒に軍団要塞へと運ばせています。そろそろ到着している頃合いでしょう」

ナルソンの返答に、彼らはほっとした顔になった。

軍団要塞奇襲作戦ではかなりの被害が予想されており、先日の砦での戦闘後の治療院の様相

をはるかに上回る事態になると考えられていた。

当然ながらコルツのようにガス壊疽を発症するものもいるはずだということで、一良《かずら》の提案で完成したばかりの血清を送ることにしたのだ。

保冷バッグにたっぷり保冷剤を入れたので、品質についても問題ないはずだ。

「血清もそうですが、別の薬もかなりの量を送っておきました。きっと役に立つことでしょう」

「ありがとうございます。我が軍も街医者は総動員していますが、薬はどうしても不足しがちでしたので助かります」

指揮官の1人が頭を下げる。

「それらの薬は、グレイシオール様が提供してくださったものです。血清も製造方法を伝授していただき、製造にこぎつけたものです」

ナルソンが2人に微笑む。

「グレイシオール様は、逆境を承知で立ち上がってくれた貴国をとても信頼しております。お送りした薬は、それに報いるものだとのことです」

「そ、そうだったのですか……」

「貴国の神が、我らのために……」

2人が感激した表情を見せる。

「ねえ、上手くやればクレイラッツも私たちの国の信仰に改宗《かいしゅう》させられるんじゃない？」

一良《かずら》の隣にいたリーゼが、ニヤニヤしながら肘で一良《かずら》をツンツンと突きながら小声で言う。

「いやいや、そう簡単にいくものでもないだろ」

「そうかなぁ。目一杯宣伝すれば、何とかなるようにも思えるんだけど」

「もともと信じてる神様から鞍替えしろって言われても、国民全員に納得させるのは無理だって。信仰ってのは生活に根付いたものなんだから」

「おっ、カズラ、すごく神様っぽいこと言うね！　知的でかっこいいよ！」

「お前なぁ……」

「我らも、直接謝辞をお伝えできればいいのですが……」

「お目通し願うことはできないのですか？」

ここそこ話している一良《かずら》たちをよそに、指揮官たちがナルソンに願い出る。

「申し訳ないのですが、グレイシオール様にお会いできる者は限られておりますゆえ。私のほうからお伝えしておきますので、ご安心ください」

ナルソンの言葉に、指揮官たちが「よろしくお願いします」と頭を下げる。

その様子を、ミクレムたちやフライス領軍の軍団長たちは誇らしげな顔で見ていた。

ジルコニアは何とも言えない顔になっている一良《かずら》が面白いのか、くすくすと笑っている。

そこに、イクシオスが階段を上がってやって来た。

「ナルソン様」

「ん、イクシオスか。どうした？」

「そろそろクレイラッツ軍も落ち着いた頃合いかと思いまして。その後、どうなりましたか？」

「うむ。かなりの死傷者が出ているようでな。それに、大量の捕虜を――」

「イクシオスさん、現地に無線で連絡できますから、直接聞いたほうが早いんじゃないですか？」

説明を始めるナルソンをさえぎり、一良《かずら》がイクシオスに声をかける。

イクシオスはクレイラッツ軍に同行している息子のアイザックが気になって、わざわざやって来たのだろう。

「ふむ、確かにそれが手っ取り早いですな」

「ですよね？　ニィナさん、アイザックさんに連絡を」

「ん、んぐっ⁉　ごふっ！」

口いっぱいに肉を頬張っていたニィナが、突然声をかけられてむせ返る。

「うわ⁉　大丈夫ですか⁉」

「ちょ、ちょっと、鼻からお肉出てるよ⁉　大丈夫なの⁉」

バシバシとマヤに背中を叩かれるニィナ。

ニィナは涙目で咳をしながらも、「ら、らいじょぶ」と絞り出すように答えた。

腰の無線機を取り、イクシオスに差し出す。

「げほ、げほ！　イグジオズざま、どうぞ……げふげふ！」

「う、うむ。すまんな」

イクシオスが送信ボタンを押して呼びかけると、すぐにアイザックから返答があった。

ほっとした顔で息子と言葉を交わすイクシオスの傍ら、一良《かずら》たちは談笑しながら食事を続ける。

現在、敵は情報を完全に封鎖されて盲目状態なうえに、そのことに気づいてすらいない。

アルカディア軍を意識しすぎて北へ戦力を迅速に移動できず、動きを察知されないためにと無駄な努力を続けている。

アルカディア軍は真綿で首を絞めるかのようにバルベール軍の戦力と持久力を着実に削り取りながら、総攻撃のタイミングを待っている状態だ。

彼らが自分たちの置かれている状況の異変に気づくのは、もう何日か後のことになるだろう。

「ナルソン。兵士たちには、総攻撃に備えてできるだけ良い食事を取らせるようにしましょう」

串を手に、程よく焼けた肉を眺めながらジルコニアが言う。

「この機を逃さず、一気に畳みかけないと。連中に、二度と好き勝手させてなるものですか」

そう言って、がぶりと肉に食らいついた。

3日後の午後。

からっと晴れた空の下、カーネリアン率いるクレイラッツ軍1個軍団は、ムディアの街へと進軍していた。

全員がバルベール軍の鎧を身に着け、彼らの荷馬車を連れ、バルベール軍第4軍団の旗を掲げての進軍である。

道の両脇には青々とした広大な麦畑が広がっており、農作業をしている人々の姿が見られた。人々はカーネリアンたちの姿を見て、大きく手を振っている。

あちこちに幅5メートルほどの細い川が流れており、水は澄んでいてとても美しい。

その川には至る所に石造りの橋が架かっていて、川向こうの畑への移動も簡単に行えるようになっていた。

農作業者のためのものと思われる集合住宅が点々と存在し、洗濯をしている女性や畑で遊ぶ子供たちの姿が見える。

そののどかな風景を、クレイラッツ軍の兵士たちは祖国の家族を思い出しながらじっと見つめている。

「見えてきましたね」

ラタに跨って先頭を進むカーネリアンが、隣のアイザックに声をかける。

2人が身に着けているのは部隊指揮官の鎧で、軍団長のような高位の者が着ける装備は誰も着ていない。

「何と大きな街でしょうか……ここに籠られたら、年単位で足止めをくらいそうですね」

目の前に広がる広大な防壁と川に守られた巨大都市に、アイザックが目を見張る。

「この街があるからこそ、バルベール軍はあれほどの大軍を前線に張り付かせたまま何年も維持できるのです」

手を振る人々に笑顔で手を振り返しながら、カーネリアンが答える。

実に堂々とした振る舞いだ。

「ムディアからは南部の各防衛拠点に物資が送られています。ここを押さえてしまえば、生命線を絶たれたも同然となるでしょう」

「ええ。それに、プロティアとエルタイルも、流れが我々同盟国側に傾いたと判断するはずです。必ず、作戦を成功させなければ」

「アイザック殿、顔が強張《こわば》っておられますよ」

意気込むアイザックに、カーネリアンが苦笑する。

「連中の司令部に入るまでは、我々はバルベール軍なのです。自然な振る舞いでお願いしますね」

「ぜ、善処します……」

「カーネリアン様！」

そんな話をしていると、軍団の到着を知らせるために出した伝令の騎兵が戻って来た。

「どうだった？」

「連中はかなり驚いている様子でしたが、疑うそぶりは見られません。『なぜもっと早く伝令を寄こさなかったのか』とは言っていましたが」

「そうか。ちゃんと、すっとぼけてきたんだろうな？」

「はい。『伝令は送ったはずだが、到着していないのか？』と言ったら『こっちの輸送隊も昨日帰還予定だったが帰って来ていない。どうなっているんだ』と言って困惑しておりました」

ムディアは10日ごとに輸送隊を各地に出しており、負傷者や病気の者の搬送もそれに併せて行っている。

彼らの言っていた輸送隊は、クレイラッツ軍が軍団要塞を奇襲した際に、物資と一緒に確認されていた。

また、ムディアに来る道すがらに、打ち捨てられた軍団要塞を流用した中継基地もあったのだが、そこもしっかりと略奪してきた。

中継基地には数十人の守備兵がいたのだが、カーネリアンたちが基地に入った後、「ところで、実は我々はクレイラッツ軍なのだが」と言った時には、彼らは唖然とした顔で立ちすくんでいた。

今頃、後続の軍団がこちらへ向けて、基地にあった物資を運んでいるだろう。

「そうか。おそらく、連中は首都に向けて現状を伝えるために伝令を出すだろうな」

「でしょうね。しかし、ティタニア様の眷属が目を光らせているので大丈夫です」

アイザックがカーネリアンに答える。

ティタニアはカーネリアンたちに先行して、2日前からウリボウたちとともにムディアを取り囲むようにして潜伏済みだ。

ムディアを出る兵士も、ムディアに来る兵士もすべて仕留めるということになっており、彼らの情報網は完全に寸断されている。

たとえ複数の騎兵が伝令に出たとしても、ラタはウリボウに怯えて使い物にならなくなる。

そのうえ、ただでさえ強力なウリボウたちは強化済みなので、打ち漏らしの心配は無用とのことだった。

「さあ、堂々とムディアへ入りましょうか。皆、自分の家に帰るようなつもりで、緊張した顔をしないようにな」

カーネリアンが振り返り、後に続く市民兵たちに呼びかける。

彼らは力強い声で「応!」と声を上げた。

時刻が夕食の時間に差し掛かろうという頃。

突如戻って来たバルベール第4軍団を受け入れるため、守備隊司令部はばたばたと慌ただしい状態になっていた。

行軍で疲れて戻って来る兵士たちのために大急ぎで食事を用意させ、市民たちの使う共同サウナを急遽借り上げ、倉庫から着替えの衣服とタオルの用意を指示し、寝床となる兵舎の掃除も進めさせる。

急に戻って来た理由は何も知らされていないが、軍団が訪れる際は総力を挙げて支援するというのがバルベール軍の習わしだ。

「前線から軍団が戻って来るなど、まったく聞いていないぞ。どうして伝令を寄こさなかったんだ？」

守備隊司令官の老兵が、困惑顔で部下に言う。

「分かりませんが、北方の蛮族に対応するために引き抜かれたのでは？」

「いや、それなら伝令がこの街を経由しているはずだろう」

司令官が渋い顔で答える。

「元老院からはそんな伝令は一度も来なかったし、第4軍団からもたった2刻前に連絡が来ただけだぞ。迎え入れる準備など、間に合うはずがないというのに……」

「うーん……アルカディア方面にいる執政官から、直接伝令が行ったのでは？　我らには、伝

「令を出し忘れたのでしょう」

「まったく、迷惑な話だ。間に挟まれているワシらはたまらんぞ。アルカディア攻略ももたついていると聞いているし、物資の輸送やら負傷者の収容やらで、忙しくてかなわん」

ムディアには各地の軍団や首都の元老院からあれこれと常に要望や指示が飛んできており、街を任されている彼は気が休まるタイミングがまるでない。

いい加減引退して隠居生活をしたいのだが、その中間管理能力の高さゆえに「他に代わりがいない」とか「年金増やすから」とか「子供と孫の地位を保証するから」などとあれこれ元老院に言われて引き留められ続け、ズルズルと今も守備隊司令官を続けている。

彼があれこれと指示を出していると、兵士が部屋に駆け込んできた。

「セブ様、第4軍団司令部の方々が挨拶に来られております」

「なぬ⁉　軍団長殿自ら来られたのか⁉」

驚く彼――セブ――に、兵士が困惑顔で頷く。

「いえ、それが、軍団長殿は急病とのことで。代理として……」

兵士がそう言いかけた時、ガチャガチャと鎧の音を響かせてカーネリアンがアイザックと護衛の兵士を引き連れて部屋に入って来た。

バタン、と扉が閉められ、密室が出来上がる。

「貴殿が守備隊の司令官殿で？」

カーネリアンが柔和な笑みを浮かべて、セブに話しかける。

「う、うむ。代理とは聞いているが、副軍団長殿はどこにおられるのだ？」

彼が答える間に、アイザックたちは部屋にいる司令部員たちの傍に1人ずつ歩み寄った。

物々しい雰囲気に、司令部員たちの顔に動揺が走る。

「それは話が早くて助かります。たった今より、この街はクレイラッツ軍の制圧下に置かれることになりました。全軍に降伏を通達していただきたいのですが」

「……は？」

セブが気の抜けた声を漏らすと同時に、アイザックたちは剣を抜き放ち、司令部員たちに突き付けた。


太陽が沈み、月が空に輝き始めた頃。

一良《かずら》、リーゼ、バレッタ、ハベルの4人は、北の防壁からバルベール陣地を眺めていた。

ハベル以外は、全員私服姿だ。

ハベルはハンディカメラを片手に、敵陣を暗視モードで撮影している。

「むう、攻城塔まで作って来るとは思わなかったな……まさか、本気で攻めてくるつもりなのか？」

双眼鏡をのぞいていた一良《かずら》が唸る。

ここ最近、バルベール軍は無数の遠投投石機を作って陣地の前に並べていたのだが、今朝になって突然見慣れない建造物が3つ姿を現したのだ。

それは巨大な塔のような形をしており、前面には鉄板が張り巡らされていた。

月明かりを受けてギラギラと輝いており、かなりの異彩を放っている。

「攻城戦専用の兵器ってこと？」

一良《かずら》の隣で双眼鏡をのぞいていたリーゼが聞く。

「うん。あれと似た形の兵器が本に載っててさ。上の部分が、パタンって前に倒れるような仕組みになってるんだ。防壁にその部分を橋みたいに渡して、そこから兵士が雪崩れ込む兵器だな」

「ふーん……でも、こっちの砦は丘の上にあるんだし、堀もいくつも掘ってあるから近づけるのは無理じゃない？ カノン砲とカタパルトだってあるんだし」

「そうだな。まあ、あれのてっぺんにバリスタを置いたり弓兵を配置することもできるから、一応警戒したほうがいいな」

「あ、なるほど。移動式の防御塔みたいな使いかたもできるってことね」

リーゼが感心して頷く。

「バレッタさん、あれが近づいてきたとして、カノン砲で破壊できますかね？」

「うーん……おそらく足元には移動防壁を並べてくるでしょうから、破壊は難しいと思います。

上部にバリスタがあるようなら、それを狙う感じでしょうか」

カノン砲は威力が非常に強いが、鉄板を張り巡らせた塔が相手となると破壊できるかは疑問だ。

足元を狙って自重で崩れ落ちさせたいところだが、移動防壁を並べられたらそれも無理だろう。

「火炎弾で焼いてしまえばいいのではないでしょうか？」

撮影を続けているハベルが意見する。

「いくら鉄板を張り付けてあるとはいっても、骨組みは木製のようですから長時間の炎上には耐えられないと思うのですが」

「ですね。もし接近してくるようなら、それで対応しましょっか」

『カズラ様。ニィナです。どうぞ』

一良《かずら》が無線機を手に取る。

「カズラです。どうぞ」

『ロズルーさんからの報告で、敵軍陣地の北側で敵兵の活動が活発化しているとのことです。攻撃が近いのではないか、と言っていました。どうぞ』

「了解です。ロズルーさんには、そのまま監視を続けるように伝えてください。どうぞ」

『かしこまりました。通信終わり』

「ずっと動かないままだったけど、急にどうして攻撃してくる気になったんだろうね？」

リーゼが不思議そうにバルベール陣地を見つめる。

「うーん……兵士たちの手前、何もしないわけにはいかないからじゃないか？　きっと、一般兵は蛮族の攻撃を知らないだろうしさ」

「あ、そっか。ずっと待機じゃ、何やってるんだって兵士たちも考えちゃうもんね」

「うん。それにしても、このタイミングでってのは、あちらさんも運がないなぁ」

憐れみを含んだ声で一良《かずら》が言う。

予定通りならば、ちょうど今頃クレイラッツ軍がムディアを制圧している頃合いだ。

砦を睨むバルベール軍は、大規模攻撃を仕掛ければそれだけ物資を消費する。

しかし、今日から補給がぴたりと途絶えることになるうえに、攻撃によって発生する負傷者はムディアに移送することは不可能になる。

負傷者を連れた輸送隊は、クレイラッツ国旗が翻るムディアを見て愕然《がくぜん》とするはずだ。

むしろ、味方のふりをしてそのまま負傷者を街に入れて、流れ作業で捕虜にしてしまってもいいだろう。

『カズラ様、たびたびすみません。アイザック様からのご報告です。どうぞ』

再び響いたニィナの声に、一良《かずら》が無線機を取る。

「はい、アイザックさんは何て言ってました？　どうぞ」

『バルベール軍に扮したクレイラッツ軍はムディアの南門から入り、街の全出入口と守備隊司令部の制圧に成功したとのことです。守備隊司令部は全員捕虜にできた、とおっしゃっていました。どうぞ』

その報告に、リーゼが「おー！」と嬉しそうな声を上げた。

横から手を伸ばし、一良《かずら》の持つ無線機の送信ボタンを押す。

「やったね！　被害は出なかったの？　どうぞ」

『はい。初めに司令部を押さえたことで、完全に無傷で街を制圧できたとのことです。現在、到着したクレイラッツ軍の後続が街の巡回を始めていますが、目立った混乱は起きていないようです。どうぞ』

「すごい……こんなに完璧《かんぺき》に成功するなんて思わなかったです……」

バレッタが驚きの混じった声を漏らす。

いくらバルベール軍に扮しているとはいえ、街に入れば正体がバレて戦闘になるだろうとバレッタは考えていた。

しかし、実際はそんなこともなく、実に静かに制圧を終えることができたようだ。

「軍団旗を掲げて堂々と進軍してくる軍団が敵だなんて、普通は思わないよ。何かあったとしても、必ず伝令が来るはずなんだしさ」

「そうですね……ティタニア様のおかげですね」

「伝令を全部仕留めるなんて、普通は無理だもんね。後でティタニア様とウリボウたちに、とびきりのご馳走《ちそう》を作ってあげようね！」

「はい。腕を振るわないとですね」

リーゼとバレッタが微笑み合う。

一良《かずら》はうんうんと頷きながら、無線機の送信ボタンを押した。

「ティタニアさんからは、連絡は来てますか？　どうぞ」

『いえ、それはまだ……あっ、今、マヤのところに来たみたいです！　マヤ、カズラ様に報告して！』

ガサゴソと、ニィナがマヤに無線機を渡す音が響く。

『マヤです。ムディアから出てきた兵士を何十人か仕留めたと、ティタニア様がおっしゃっています。いつまでここにいればいいのか、とも聞いています。どうぞ』

「む、制圧したって話だけど、逃げ出してる兵士もいるってことか」

「すごく大きな街らしいですし、どこかから逃げ出す人はいるんでしょうね。完全封鎖は難しいと思います」

バレッタの意見に、一良《かずら》は「確かに」と頷いた。

「では、ティタニアさんには、もうしばらく見張りを続けるように伝えてください。人っ子一人逃がさないようにお願いします。どうぞ」

『分かりました。伝えておきます。通信終わり』

一良《かずら》が無線機を腰に戻す。

その後、マヤからティタニアに「見張りを続けるように」と指示が伝えられた。

その時ティタニアがぼそっとつぶやいた「フレンチトーストが食べたいな……」という言葉はしっかりと一良《かずら》たちに伝えられ、帰還の時には山盛り提供することが決定したのだった。


深夜。

宿舎の食堂で、一良《かずら》とエイラはハーブティーを飲んでいた。

深夜のお茶会は久方ぶりで、砦に来てからはこれが初めてだ。

いつバルベール軍の攻撃が始まるか分からないということで、緊張している様子の一良《かずら》を気遣ってエイラから誘ったのだった。

「はー……お茶会、かなり久しぶりですね。何だか、すごく安らぎます……」

エイラの淹れたハチミツ入りのジャーマンカモミールティーを一口飲み、一良《かずら》がほっとしたため息をつく。

そんな彼に、エイラはにこりと優しく微笑んだ。

「ここのところ、ずっとピリピリしたご様子でしたので。こうした息抜きも必要かなって思って」

「気を遣ってもらっちゃってすみません。何か、お茶を飲んだ瞬間に一気に肩の力が抜けた気がします。はあ、癒される……」

ふにゃりと気の抜けた顔で、ハーブティー入りのカップを大事そうに両手で持つ一良《かずら》。

クレイラッツ軍の作戦が上手くいった直後ということもあって、大きな不安がなくなったこのタイミングでのお茶会は、まさにベストタイミングだった。

これが作戦成功前だったら、お茶を飲んでいても上の空だったに違いない。

「ふふ。そう言っていただけてよかったです。この蒸しパンも自信作なんで、食べてください」

エイラが木皿を一良《かずら》に寄せる。

丸い小さな蒸しパンが4つ、甘い香りを漂《ただよ》わせている。

卵、ミルク、砂糖だけで作った、シンプルなものだ。

「ありがとうございます……ん、これは美味い！」

一口齧り、一良《かずら》は頬を緩ませた。

ふわりとした優しい香りと、控えめな甘さになめらかな舌触り。

文句なしに、百点満点のできだ。

「やっぱり、エイラさんの作るお菓子は最高ですね！　日本の有名店にも匹敵する出来栄えですよ！」

「そ、それはさすがに褒めすぎですよ。この間グリセア村で頂いたケーキなんて、本当に美味しくてびっくりしましたし。私なんてまだまだです」

「いやいや、そんなことないですって。屋敷で一番料理が上手いと思いますもん。お店開いたほうがいいレベルですよ」

「で、ですから、それは褒めすぎですよぅ」

　エイラが顔を赤くする。

　その後、あれこれと雑談をしているうちに、話題はエイラの家族のものになった。

「えっ。エイラさん、ご両親に家を買ってあげたんですか？」

　ふと出たエイラの両親の話に、一良《かずら》が驚いた顔になる。

「はい、半年ほど前に。中心街の物件だったので、かなり値が張りましたが」

「へえ、偉いなぁ。ちなみに、どんな家を買ったんです？」

「石造り2階建ての築20年の中古物件なのですが、入居前に内装をすべて新調したんです。1階に調理場、食堂、執務室、休憩室、応接室、お風呂、トイレ、それと井戸のある中庭があって、2階に寝室と客室が2つずつあります」

「すごい部屋数ですね！　それに、お風呂まであるんですか！」

　イステリアの一般市民において、風呂のある家に住んでいる者はかなり珍しい。

　平民で風呂を持っているのは、一部の高級宿屋や富豪だけだろう。

「あ、お風呂といっても、お屋敷にあるような湯舟に浸かるものではなくて、薬草を焚いて入るサウナ風呂ですね。温まった後、水浴びをして汗と汚れを流すんです」

「なるほど、サウナか……でも、それでもすごいですよね。かなりの豪邸だったりするんじゃ？」

「えへへ。あの辺だと、一番いい家だと思いますよ」

　エイラが少し誇らしげに微笑む。

「両親もすごく喜んでくれて、『自慢の娘だ』って感激してました」

「でしょうねぇ……それにしても、家をプレゼントするなんて思いきりましたね」

「前の実家がだいぶ古くなってきていたので、両親に新しい家を買ってあげたいなと思って。あれこれ探していたら、ジルコニア様がその物件を見つけてきてくださったんです。造りもしっかりしていて綺麗でしたし、何とか手が出せる額だったので、買ってしまうことにしたんです」

「ジルコニアさんがですか？」

　一良《かずら》が意外そうな顔をする。

　実のところ、ジルコニアがエイラにその物件を勧めたのには、ちょっとした事情があった。

　エイラは以前、「一良《かずら》とリーゼをくっつける」という任務をジルコニアから受けており、その対価として給金が2倍になるという超好待遇を手にしていた。

一応、雇用契約で「今後10年間はエイラからは雇用契約を解除できない」という縛りはあったが、「何らかの理由」で無理矢理退職されては困るとジルコニアは考えていた。

その不安を取り除くため、雑談がてら親孝行の話題をエイラに出し、乗り気になった彼女に給金と預貯金の額から程よい物件を見繕《つくろ》って勧め、購入させたのだ。

住宅ローンを払っている間は何があっても辞めないだろう、という考えだ。

「はい。すごく親身に相談に乗ってくださって、私もびっくりしました。それに、ジルコニア様の口利きのおかげで、分割払いの金利をすごく安くしてもらえたんです」

「へえ、それはよかったですね！　分割払いって、何年間くらいのやつです？」

「15年間です。貯金も使い切っちゃって、すっからかんになっちゃいました」

えへへ、とエイラが苦笑する。

「な、なるほど……でも、そこまでして親孝行できるなんて、エイラさん偉すぎますよ。そのうえ、王都で大学に通ってた弟さんたちに仕送りまでしてたんでしょう？　本当に家族思いで、俺、感激しちゃいましたよ」

「そ、そんな……」

エイラが照れて顔を赤くする。

先ほどから褒められ続きで、内心ほわほわとした気分になっていた。

これでは、どちらのために開かれたお茶会なのか分からないな、とエイラは内心独り言ちる。

「それにしても、サウナ風呂か……ナルソンさんの屋敷、サウナはないんですよね。今度、新しく作るようにお願いしてみようかな」

「あ、それなら、私の実家で入ってみませんか？」

「えっ、いいんですか？」

期待に満ちた顔をする一良《かずら》に、エイラがにこりと微笑む。

「はい。すごく気持ちいいので、きっと気に入っていただけると思います。鼻と喉の通りを良くする薬草をいつも使っているのですが、サウナ風呂に入った後はすごく気持ちよく眠れるんです」

「へえ、そんな効能が……そのサウナ風呂って、どういう造りなんです？」

「えっと、こんな形の、半分地下に埋まっている造りになっていますね。もともと敷地内にあった巨大な岩をくり貫いて作ったとかで」

エイラがテーブルを指でなぞる。

半円形の天井が地上に出ている造りの、天然の岩をくり貫いて作ったサウナらしい。

「す、すげえ……めちゃくちゃ豪華じゃないですか！　話を聞いてると、ナルソンさんの屋敷のお風呂よりも豪華に思えてきますよ」

「あはは。そんなことないですよ。毎日入浴するためにお湯を沸《わ》かすのはすごくお金がかかるので、サウナ風呂にしているだけですし」

「あー、燃料費もかかりますし、水を汲《く》むのも大変ですもんね」

「はい。日本みたいに、蛇口を捻れば水が出るようなら楽なんですけどね」

それを聞き、一良《かずら》が「ふむ」と考える。

エイラの言うとおり街中に水道を引くことができれば、市民の生活環境はかなり改善されるだろう。

戦争が終わったら、水道事業に手を出してみてもいいかもしれない。

「よし。それなら、戦争が終わったら水道を作ってみましょうか」

「えっ⁉ 日本と同じようなものを作るのですか⁉」

驚くエイラに、一良《かずら》が「ええ」と頷く。

「まったく同じものってわけにはいかないと思いますが、イステリアに上下水道を引いてしまおうっていう案が、日本の業者から出ていて。完全に業者任せの設計になりますけど、できないことはないように思えます」

「ぜひお願いします！ 水汲みって、本当に重労働で……蛇口を捻って新鮮な水が出てくるようになれば、皆が助かりますよ！」

「ですね。後でバレッタさんにも相談して――」

『おい』

「「わあっ⁉」」

話に盛り上がっていると、突然窓から声をかけられた。

いきなり脳内に響いた野太い声に、2人は思わず叫び声を上げてしまう。

「お、オルマシオールさん……驚かさないでくださいよ……」

「心臓が止まるかと思いました……」

バクバクと鳴る胸を押さえて言う2人に、窓から顔をのぞかせたオルマシオールが「すまん」と謝る。

どうやら、屋根の上でお座りをしているようだ。

口に、細長い木の筒を咥えている。

「あ、エイラさん、眠気は大丈夫ですか？」

「大丈夫です。びっくりしすぎて、それどころじゃなくなっちゃったみたいで……あ、でも、少しふらつきますすね」

『お前たち2人だけだからな。昏倒するほど強い術はかけておらんよ』

オルマシオールが、のそりと窓から食堂に入って来る。

『つい先ほど、奴らの斥候を仕留めた者が「変なものを見つけた」と言ってきたんだ』

そう言って、咥えていた筒をテーブルの上に置く。

筒には、血がべっとりと付着していた。

「うわ、血塗れだ……何ですかこれ？」

『中から炭と紙の匂いがする。書簡ではないのか？』

「書簡？」

一良《かずら》が筒を手に取ってみると、それは確かに書簡を入れる筒のようだった。

上側を捻って筒を開け、中に入っている手紙を取り出す。

「ええと……っ⁉ こ、これは！」

ぎょっとした顔の一良《かずら》をエイラが不安そうに見る。

「カズラ様、それには何て書いてあるのですか？」

「……『元老院議員が毒ガス兵器を使おうとしている』って書いてあります。それを何とか阻止したいとも。カイレン軍団長の署名入りです」

「えっ⁉」

エイラが顔を青ざめさせる。

一良《かずら》は立ち上がり、オルマシオールを見た。

「オルマシオールさん、これを持ってきた伝令は殺してしまったんですか？」

『……そう聞いている。すまない』

オルマシオールがしゅんとした様子で、耳と尻尾を垂れさせる。

「むう。急いで返事を出さないと……エイラさん、ジルコニアさんやバレッタさんたちを起こして会議室に来るように伝えてください。俺はナルソンさんたちを呼びに行きます」

「はい！」

エイラが慌てて食堂を出て行く。

「オルマシオールさん、その伝令の死体を、なるべく傷付けないように北門まで運んでおいてもらえますか？」

『承知した』

オルマシオールが窓から飛び出していく。

一良《かずら》も、ナルソンの部屋へと駆け出した。


数分後。

宿舎の会議室には、急遽集められた首脳陣が勢ぞろいしていた。

クレイラッツ軍の2人の指揮官もおり、ルグロも寝間着姿のまま席に着いている。

テーブルにはノートパソコンとプロジェクタが置かれており、スキャナで取り込んだ書簡が巻き上げ式スクリーンに投影されていた。

そのすぐ脇では、オルマシオールがしゅんとした様子で「伏せ」をしている。

カイレンの伝令をウリボウが殺害してしまったことを気にしているようだ。

「ふうむ。『元老院による毒の兵器の使用を阻止するため、貴軍に協力してもらいたい』か。はてさて、何を企んでいるやら」

ナルソンがスクリーンを見つめ、顎を撫でる。

クレイラッツ軍の2人の指揮官は、初めて見るパソコンやプロジェクタに完全に思考停止している様子だ。

「カイレンさんは、本当に毒ガスの使用を阻止したいんじゃないですか？」

「私もそう思います。そうでなければ、わざわざこんな書簡を送って来た意味がありません」

一良《かずら》とバレッタが意見を言うと、イクシオスが「ふむ」と腕組みした。

「カイレン将軍とは、前回の毒ガス不使用の協議の件もありますからな……しかし、罠という可能性も捨てきれません。奴らが毒ガスを使った後、こちらが反撃で使用するのを躊躇《ちゅうちょ》させようと書簡を寄こしたのかもしれませんぞ」

「うーん……そんな回りくどいことしますかね？」

イクシオスの意見に、一良《かずら》が首を傾げる。

そういえば前回毒ガス兵器についてあれこれ会議した時も、イクシオスが中心だったなと頭の隅で考えた。

「そういった可能性もある、ということです。何も言わずにいきなり使うよりは、少しでも相手を混乱させてやれという腹積もりかもしれません」

「私もイクシオス将軍の意見に同意です。休戦協定を破って攻め込んでくるような連中ですから、どんな卑怯な手でも使ってくるかと」

「ああ。奴らの話を鵜呑《うの》みにするのは危険だ。毒ガスを使われたら、こちらも問答無用で使い返してやればいいのでは？」

ミクレムとサッコルトが、イクシオスに続く。

彼らは毒ガス弾を使用した戦闘の様子を動画で見ており、兵器の説明も受けているので威力は把握している。

だが、こちらにはバレッタが大量生産したために備蓄がかなりあり、乱打戦になったとしても打ち負かせるだろうと2人は考えていた。

「いや、それだとこっちの兵士にも被害が出るじゃないですか。カイレン将軍の案に乗って相手の使用を止められるなら、それに越したことはないと思うんです」

「あ、いや、カズラ様のご意見を否定しているわけでは！」

「あくまでも仮定の話ですので！」

ミクレムとサッコルトが慌てた顔になる。

相変わらず、一良《かずら》の機嫌を損ねることを極端に恐れている様子だ。

「えっ？　あ、あの、別に怒ってるわけじゃないですから！　意見はどんどん出してもらっていいので、私のことはただの文官と考えてください！」

「ははっ！」

「承知いたしました！」

ペコペコと頭を下げるミクレムとサッコルト。

そんな彼らを、リーゼは「なんだかなぁ」といった顔で見ている。

「……要は、カイレン将軍が嘘をついてないかが分かればいいってことか」

ルグロがイクシオスに目を向ける。

「はい。もし虚言でないのならば、元老院議員を一挙に殺害する好機だと思います。ぜひとも真偽を知りたいところです」

「元老院議員を殺害？　どういうことだ？」

きょとんとした顔をするルグロ。

ミクレムや他の軍団長たちも、怪訝な顔をしている。

「……もしかして、少し前にカイレン将軍が送って来た『11年前の村落襲撃事件に関わった者』が書かれていた書状のことを言ってるのですか？」

リーゼが、はっとした様子で言う。

前回行われた砦を巡る攻防戦の数日前、毒ガス兵器の不使用協定を結ぶにあたり、ジルコニアが出した「事件の首謀者《しゅぼう》を教えろ」という要求にカイレンが応えた時のものだ。

その書状にはなぜか、この戦場にいる元老院議員の人数と居場所が記されていた。

それを見たイクシオスは「まるでこいつらを殺してくれと言っているようだ」と話していた。

「はい。あの時の書状には、こちらが要求したわけでもないのに、元老院議員の人数と軍団の場所、それに軍団旗の模様までが記されていました。どう考えても不自然です」

「……カイレン将軍は、元老院議員を排除したいと考えているんでしょうね」

ジルコニアがぽつりと言う。

「マルケスを私に殺させたのも、政敵の排除に都合がよかったからじゃない？　そうでなければ、わざわざ自軍の戦力を削るような真似はしないはずよ」

「うむ。どうやらバルベール軍は一枚岩ではないようだ。ひょっとすると、休戦協定破りの理由の『国境付近の村が襲われた』という話も、カイレンの自作自演かもしれんぞ」

「ええと……カイレン将軍が自分の政治的理由で、わざと休戦協定破りをしたってことですか？　バルベール国内での元老院の立場を悪くするために？」

「かもしれませんな。そう考えれば、休戦協定を破って砦を攻撃してきた際の敵軍が、カイレン将軍の第10軍団だけだったということも納得できます」

ナルソンが当時のことを思い出しながら言う。

砦を奇襲してきた敵軍はカイレンの軍団だけであり、その後の砦奪還作戦の街道での会戦ではマルケスの軍団だけが出てきた。

どう考えても不自然であり、何らかの不和が生じて連携が取れていなかったと見るのが正しいだろう。

「……だとしたら、とんだゲス野郎ね。攻め入る口実を作るために、自国民を手にかけたってことなんだから」

ジルコニアが表情を歪《ゆが》める。

「実際に自国の村を襲ったのかは分からんがな。元々あった村を移転させて、無人になったそこを破壊して襲撃があったように見せかけたとか、適当に嘘を吐いているだけといった可能性もある」

「まあ、こっちが実際に現場を見たわけではないですし、判断のしようがないですね」

一良《かずら》の言葉に、他の皆も「それもそうだ」と頷いた。

事件の発生場所が敵国領土ということもあり、現地を見ているわけではないので真相は分からない。

こちらはただ、カイレンが何度も苦情を言ってきたことに応対していただけだ。

「どちらにしろ、カイレン将軍と会ってみるしかないんじゃないですか？　詳しく話を聞いて、真偽を判断するしかないかと」

「もっと手っ取り早い方法があるわ」

皆の視線がジルコニアに集まる。

「信用してほしかったら、秘書官を人質に寄こせと伝えましょう。もし素直に従えば、彼の言っていることは真実ってことになりますから」

「秘書官？　『ティティス』って名前の女性でしたっけ？」

以前、砦の北で目にした姿を一良《かずら》は思い起こす。

ティティスは理知的な顔立ちと金髪三つ編みが印象的な女性だった。

「はい。どうやら、カイレン将軍にとって彼女はかけがえのない存在のようなので。私が捕虜になった時も、似たようなことをしましたから」

砦がバルベール軍に攻め落とされた際、「生き残っている市民と兵士をイステリアに無事に送り返す」、という条件の下で、ジルコニアは彼らの捕虜になった。

その折、彼らが約束を守る保証として、ティティスが自らジルコニアの人質になると申し出たのだ。

見た限りそれはティティスの独断のようであり、その時のカイレンは酷く取り乱していた。

それが演技であるようには、ジルコニアにはとても見えなかった。

「う、うーん……でも、そんなに大切な人を、カイレン将軍は人質に差し出しますかね？　一度差し出したら、返してもらえないと考えるのが普通だと思うんですが」

「それも含めて、いい判断材料になるかと。もし人質としてティティスを差し出してくれれば、カイレン将軍の言うことは完全に信用して大丈夫でしょう。嘘をついたら、彼女が殺されることになるんですから」

「……ティティスさんが殺される覚悟で、俺たちをハメようとしてくるってこともあるんじゃないですか？」

「ラース将軍が傍にいる状況で、それができると思います？」

「た、確かに」

ラースはかなり直情的な性格のように見えたし、アーシャの仇《かたき》を討とうとジルコニアに決闘を申し込んでくるような人物だ。

そんな彼がいる状況で、ティティスを生贄にしてこちらをハメようとするとは考えにくい。

ラースの性格なら、そんなことをしたカイレンを許しはしないだろう。

カイレンがラースをも手にかけるというのなら話は別だが、そんなことをすれば、一緒にいたラッカ将軍をも敵に回すことになる。

ラッカはラースを「兄上」と言っていたので、カイレンがラッカを丸め込んでどうこう、というのは難しいように思えた。

「納得しました。カイレン将軍に、ティティスさんを人質に差し出すように要求してみましょうか」

「ええ。断られる可能性も十分にあるけれど、その時はその時です。どのみち、彼らは退路を断たれているわけで、いずれ干上がりますからね」

「ですね。でも、もしカイレン将軍が元老院議員を抹殺したいと言ってきたら、何とか協力してあげたいですね」

一良《かずら》がスクリーンに映る書簡に目を向ける。

「政治の中枢を担う連中が一挙に死ねば、指揮系統に混乱が生じて確実に敵は弱ります。カイレン将軍の思惑が政治の実権を握ることだったとしても、私たちには得しかありません」

「そのとおりです。そのうえ、砦の前にいる補給切れで弱った軍団に打撃を与えられれば……」

「畳みかけるチャンスですね。蛮族で手一杯になっているところを、これでもかっていうくらいボコボコにしてやればいい」

一良《かずら》が言うと、ジルコニアがくすっと笑った。

「ん？ どうしました？」

「いえ、こういう話で、初めてカズラさんと意見が合ったと思って」

「はは、そういえばそうかもしれないですね」

「はい。またカズラさんと喧嘩することにならなくてよかったです。この前みたいに怒鳴られちゃったら、私もう立ち直れないですよ」

「あ、いや、あの時はついカッとなっちゃって――」

ジルコニアと笑顔で話す一良《かずら》を、ミクレムやイクシオスたちが少し驚いた顔で見つめる。

慈悲と豊穣の神である一良《かずら》が、そこまで過激な発言をするとは思っていなかったのだ。

バレッタは心配そうな表情で、リーゼは頼もしさを感じている表情で彼を見ていた。

ルグロは険しい表情で、腕組みして考え込んでいる。

「……よし。今の話をまとめて、カイレン将軍に手紙を送ろう。リーゼ、紙を取って来てくれるか？」

「はい！」

リーゼが席を立ち、扉へと向かう。

すると、それまで伏せていたオルマシオールが身を起こし、トコトコと彼女へ歩み寄った。

リーゼがそれに気づき、小首を傾げる。

「どうなさいましたか？」

オルマシオールは少し考え、前足でスクリーンをちょいちょいと指した。

その後、自分の顔に向けて、ちょいちょいと前足を振る。

一良《かずら》たちは皆、何をやっているのだろう、と首を傾げた。

「……もしかして、手紙をカイレン将軍に届けてくださるのですか？」

リーゼが言うと、オルマシオールはこくりと頷いた。

「おま……ど、どうして今ので分かるんだよ？」

唖然とした顔で言う一良《かずら》に、リーゼが微笑む。

「ん？　だって、目と雰囲気がそう言ってたもん。それじゃ、ちょっと待っててくださいね」

リーゼはオルマシオールの頭をよしよしと撫で、部屋を出て行った。

第5章　おまけ付き

「ですから、もし彼らが作戦に乗ってこなかったらどうするのかと聞いているのですよ！」

点々と松明が灯るバルベール軍陣地の一角で、フィレクシアは必死の形相でカイレンに訴えかけていた。

対するカイレンは困り顔で、その隣に立つラースは憮然とした表情で遠目に見える砦を見つめている。

ラースはジルコニアに指を折られた際、一緒に手の甲の骨まで砕かれていたようで、動かさないようにと腕を三角巾で吊っていた。

鎧は着ていないが、背には大剣を背負っている。

「だから、さっきから何度も言ってるだろ。そうなっちまったら、もうやるしかないんだよ」

「バカなことを言わないでください！　カイレン様は、末代まで汚名を被るつもりなんですか!?　後になって、元老院議員たちは『カイレン将軍が立案した作戦だった』とか言って、責任を押し付けてくるに決まっているのですよ！」

フィレクシアが顔を真っ赤にして、カイレンを怒鳴りつける。

「カイレン様を司令部に組み込んだのは、それが理由なのですよ！　カイレン様の頭を飛び越えて、私のことまで利用してあんなものを作らせて！　あいつらには人の心がないとしか思えません！」

「いや、元老院が俺の承諾を得てるって勝手に思い込んだのはフィレクシアだろ。それに、もともとの注文以上のものを勝手に作った――」

「今はそんな話はしてないのですよ！　議員たちをどうするのかって話をしてるのです！」

激怒するフィレクシアに、カイレンは「そんな話してたじゃんか……」と内心愚痴る。

フィレクシアは怒りが収まらない様子で、「何とか言ってください！」とカイレンの胴鎧をばんばんと叩いていた。

「……あぁ、気に食わねえな」

黙って砦を見つめていたラースが、吐き捨てるように言う。

「俺らを矢面に立たせて、真っ先に毒を浴びろってか。そんで、その後の責任は全部カイレンに擦り付けようってことだろ？」

ラースがギロリとカイレンを見る。

「きっと、ジルコニアはこう言うぜ。『約束破りなんて、卑怯者のあなたたちらしいわね』ってな」

ラースがくるりと踵を返す。

「俺に任せとけ。今から、俺が連中をぶった切って来てやる」

「は!?　バカなこと言うな！」

「ラースさん！　それなら、私が奴らの寝床に毒をぶちまけてやります！　あんな奴らには、お似合いな最期なのです！」

「はっは！　言うじゃねえか！　でもまあ、俺に任せとけ。フィーちゃんが犠牲になる必要はねえよ」

「お前らいい加減にしろ！　勝手な真似は許さねえぞ！」

カイレンが2人を怒鳴りつける。

フィレクシアはびくっと肩をすぼめ、ラースは面倒くさそうにカイレンを見た。

「なら、どうするってんだよ。俺らに付いてきてくれた仲間に、むざむざ毒を浴びさせるのか？」

「そんなことさせねえよ！　黙って俺に従っとけ！」

「……どうして分かってくれないんですか？　私は、こんなにもカイレン様のことを想っているのに！」

フィレクシアが目に涙を浮かべ、カイレンを睨む。

「ティティスさんの言うことなら素直に聞くくせに！　どうして私の言うことは聞いてくれないんですか!?　私なんか、ただ命令どおりに兵器を作ってればいいって、それ以外に価値はないって思ってるんですか!?」

「そ、そんなこと思ってないって。フィレクシア、勘違いしないでくれ。俺はただ、この先のことを考えてだな」

「なら、私の言うことも聞いてくれたっていいじゃない！　私は誰よりもカイレン様のことを考えているのに！」

「フィレクシア、分かった。分かったから、ナルソンたちから書状が返ってくるのを待とう。それを見てからだって、遅くはないだろ？」

「ぐすっ……分かり……ました」

「ったく、ここにきて痴話喧嘩かよ……」

そんな2人にラースは呆れた様子で、やれやれと頭を掻いた。


カイレンたちがそんなやり取りをしている頃。

砦の西門を出たオルマシオールは、闇に包まれた草原を猛然と駆けていた。

その背には、見張りのウリボウが誤って殺してしまったバルベール兵の死体が布に包まれて縛り付けられている。

首には、先ほどの会議で決定された内容を記した、カイレン宛の書状が筒に入れてぶら下げられていた。

——さて、待ち合わせ場所は……あの辺りか？

背の低い夏草が生い茂る中、不自然に草が生えていない場所を見つけた。

前回の戦闘で火炎弾が着弾した場所だ。

円状に黒く焼け焦げた土がのぞいており、わずかな焦げ臭さを漂わせている。

オルマシオールはそこに駆け寄ると、バルベール軍の守備陣地に目を向けた。

簡易的な柵や防御塔が建てられた陣地は閑散としており、見張りの兵士がいくらかいるだけだ。

前面には空堀が掘られており、その前には造りたての攻城塔や遠投投石機が並んでいる。

この場所からは、約７００メートルといったところだろう。

――む。あれは……。

防御陣地の一角に、鎧姿のカイレンと私服のラース、それに白いワンピース姿の女――フィレクシア――が立っているのが目に留まった。

ラースは右腕を三角巾で吊っているが、背に大剣を背負っている。

おそらく、ナルソンに送った伝令の帰還を待っているのだろう。

フィレクシアが険しい表情で、カイレンとラースに何やら話している。

――何やら揉めているようだな。

何かを必死に訴えている様子のフィレクシアと、困り顔のカイレン。

ラースは険しい表情で、２人の話を黙って聞いている様子だ。

さすがにここからでは遠すぎて、会話の内容を聞き取ることはできない。

その時、かなり離れた場所からこちらに向かってくる人の気配を感じた。

闇の中、身をかがめた2人の草まみれの人間が、オルマシオールに迫る。

「オルマシオール様、お待たせいたしました」

ギリースーツに身を包んだロズルーと彼の弟子が1人、オルマシオールの傍に駆け寄った。

その途端、オルマシオールは「うっ」という顔で一歩退いた。

「はは、やはり臭いますか」

「ああ、やっぱり……手とか顔とかが真っ黒なの、土埃じゃなくて垢なんだろうなぁ」

ロズルーが苦笑し、弟子が首元に手を突っ込んでボリボリと体を掻く。

10日以上も偵察任務に就いていた2人は垢まみれで、肌は黒く変色してしまっていた。

鼻のいいオルマシオールにとっては、彼らの傍にいるだけで拷問だ。

本来ならば交代しながら砦に戻って休息もできたのだが、ロズルーが「せっかくだから訓練として慣れさせておきたい」と言うので、全員ぶっ続けで任務を務めていたのだった。

「申し訳ございません。少しだけ、ご辛抱《しんぼう》を」

ロズルーが無線機を手に取る。

「こちらロズルー。オルマシオール様と合流しました。どうぞ」

『カズラです。オルマシオールさんの首に縛り付けてある書状を、そこから真っすぐ北に進んだところにある陣地に矢で飛ばしてください。カイレン将軍がいるはずです。どうぞ』

「承知しました。バルベール兵の死体は、オルマシオール様にお任せしていいのですね？　どうぞ」

『はい。ロズルーさんたちが矢を撃った後、オルマシオールさんが敵陣の傍まで持って行ってくれます。口で咥えられるように、背中から下ろしてあげてください』

伝令を殺してしまったことはカイレンに正直に伝え、死体を返すことに会議で決まっていた。

こちらが伝令を捕らえて処刑したと勘違いされては、今後のやり取りに支障が出るからだ。

二度と同じようなことが起こらないよう、互いに伝令には腕に白い布を巻き付けて目印とするようにと、書状には記しておいた。

『偵察任務はいったん終了です。それが終わったら、砦に帰って来てください。長期間の作戦、本当にお疲れ様でした。どうぞ』

「分かりました。垢が溜まりすぎて、体が痒くて痒くて……すみませんが、湯浴みの用意をしていただけませんでしょうか。どうぞ」

『もちろんです。ご馳走も用意しておきますから、今まで頑張った分、ゆっくり休んでくださいね。どうぞ』

「ありがとうございます。では、また後ほど。通信終わり」

ロズルーが無線機を腰に戻す。

「オルマシオール様、書状を取らせていただきます」

ロズルーがオルマシオールに歩み寄り、首に縛り付けてある筒から書状を取り出した。

その間、オルマシオールは息を止めて耐える。

彼の背に縛り付けられている死体入りの布包みを、弟子が引っ張り下ろした。

「では、私たちは先に行ってまいります」

ロズルーが弟子をうながし、身をかがめてバルベール陣地へと走り出す。

オルマシオールは布包みを咥え、持ち上げた。

弟子の体臭が布包みに少し移ってしまっていて、ツンと鼻にくる。

あまりの刺激臭に、オルマシオールの目に数百年ぶりに涙が浮かんだ。


オルマシオールと別れたロズルーたちは、バルベール陣地から300メートルほどの距離にまで接近していた。

陣地には松明が煌々と焚かれており、見張りの兵士がちらほらと立っている。

「ロズルーさん、あんまり近づくと見つかっちゃいますよ」

地べたに這いずりながら、弟子が小声で言う。

彼らがギリースーツを着ていることがバレると今後の活動に支障が出るので、なるべく見つかりたくないのだ。

「じゃあ、この辺にしとくか。矢もギリギリ届くだろうし」

ロズルーがゆっくりと身を起こし、肩にかけていた弓を手に取った。

矢筒から矢を取り出し、書状を細長く折って縛り付ける。

「えっ、ここから届くんですか？」

「この弓なら、陣地の入口には届くよ。ただ、書状を縛り付けてるし射程ギリギリだから狙いが逸れそうなんだよな……」

「へえ、さすがバレッタちゃんの作った……ん？　あそこにいるのって、敵の将軍たちじゃないですか？」

幾重にも掘られた空堀の向こう側に立っているカイレンとラースに、弟子が気づいた。

ロズルーは頷き、身をかがめた状態で弓を構える。

「ああ。赤髪がカイレン将軍だろう。大男はラース将軍だな。その隣の女も、見覚えがあるぞ」

「えっ、そうなんですか？　誰なんです？」

「ジルコニア様を救出した時、俺が首を絞め落とした女だな。名前は確か、フィーちゃんとか呼ばれていたな」

「ふうん。可愛い娘ですね。何だか必死な顔してますけど」

「ん？　お前、この距離から表情まで分かるのか？」

驚くロズルーに、弟子が小さく笑う。

「へへ。ずっとロズルーさんにくっついて回ってたら目が良くなったみたいで。自分でも驚いてますよ」

「だから言っただろ。目だって、鍛えれば良くなるんだよ。体力だって、前に比べればかなり付いただろ？」

「ですね。でも、ロズルーさんに鍛えられ始めてからそんなに日数が経ってないのに、こんなに目が良くなったり体が強くなったりするのは異常な気がするんですけど」

「そりゃお前、カズラ様が施してくださっている食べ物を食べてるからだよ。目や体を鍛えた効果も、何倍も出るようになってるんじゃないか？」

ロズルーはそう言いながら、弓に矢を番えた。

陣地入口の松明の傍に狙いを定める。

「撃ったらすぐ逃げるぞ」

「了解です」

弟子が答えると同時に、ロズルーは矢を放った。

シュンッ、と空気を切り裂く音を響かせて矢は進み、空堀の手前にあった松明の根元に突き刺さった。

カッ、という矢が刺さる音に、カイレンたちがぎょっとして目を向ける。

ロズルーたちは腰をかがめ、脱兎のごとく砦へと向かって駆け出した。

死体入りの布包みを咥えて歩くオルマシオールのすぐ傍を、ロズルーと弟子が走り去る。

オルマシオールは息を止めて、すれ違いざまに手を振る彼らに小さく頷いた。

──連中が死体を確認したら、任務完了だな。

トコトコとバルベール軍陣地へと進むオルマシオール。

書状には「巨大なウリボウが伝令の死体をそちらに運ぶから受け取ってほしい」と記されている。

彼らの兵士が死体を取りに来るまでオルマシオールはその場に留まり、受け取ったのを確認した後で砦に戻ることになっている。

これは、ウリボウを自在に操れるということを彼らに意識させ、一般兵士に恐怖を与えることが狙いだ。

人よりもはるかに大きく、それでいて俊敏に動き回り、ひと噛みで人間の四肢を食いちぎれる猛獣が戦場を駆け回るとなれば、彼らは恐れおののくことだろう。

次の戦いでウリボウたちが姿を見せれば、彼らはおいそれと騎兵を繰り出せなくなり、戦場での動きが硬直化するはずだ。

陣地では、書状を手にしたカイレンがフィレクシアと言い争いを始めていた。

何を話しているのかと、オルマシオールは耳をピンと立てて彼らに向けた。

――……ふむ。

どうやら、書状に書かれている「協力してほしかったらティティスを人質に差し出せ」という条件について揉めている様子だ。

どういう話の流れかは分からないが、フィレクシアが「自分が代わりに人質になる」と言っている。

それをカイレンが叱りつけているようだ。

――ということは、書状に書かれていた内容に偽りはないということか。しかし、あの女では人質の代わりにはならんだろうに。

オルマシオールはそのまま進み、バルベール陣地から200メートルほどの位置にまでやって来た。

彼の姿に気づいた見張りの兵士が、大声でカイレンにそれを知らせる。

カイレンたちがオルマシオールを見て、驚いた顔をしているのが見えた。

「あれは、この間の……」とラースのつぶやく声と、「マジで来やがった……」と戦慄《せんりつ》するカイレンの声が聞こえる。

オルマシオールはその場に布包みを置き、腰を下ろした。

カイレンが近場の兵士にいた2人の兵士に「取りに行け」と指示を出す。

だが、兵士たちは「勘弁してください」と怯えて動かない。

――ん？

するとその時。

突然フィレクシアが走り出し、兵士たちの脇を駆け抜けた。

突然の出来事に、カイレンたちが硬直する。

「フィレクシア！」

「フィーちゃん、待て！」

カイレンとラースの叫びが辺りに響く。

フィレクシアはそれを意に介さず、空堀を乗り越えて一目散にこちらへと走って来る。

カイレンたちが慌ててフィレクシアを追う。

だが、重い鎧を着たカイレンたちと、元から体の重いラースは堀に足を取られ、思うように進めない。

彼らが手間取っている間に、フィレクシアとオルマシオールの距離がどんどん詰まる。

「はあっ、はあっ、ウリボウさん！　私を連れて行ってください！」

フィレクシアが息を切らせて走りながら叫ぶ。

「バカ野郎！　危ねえぞ！」

一足先に空堀を越えたラースが駆け寄り、フィレクシアの腕を掴んだ。

オルマシオールとの距離は、わずか10メートルほどしかない。

ラースが怪我をした右腕でフィレクシアを抱き寄せ、左腕で背負っていた大剣を勢いよく引き抜いた。

ぶんっ、という音とともに、その切っ先がオルマシオールに向けられる。

「こ、こら！　暴れんな！」

「離してください！　私がティティスさんの代わりに人質になります！」

「何言ってんだ、この分からず屋が！」

「はあっ、はあっ、フィレクシア、バカな真似は止めろ！」

遅れて駆け寄ったカイレンが、フィレクシアの肩を掴んで引き寄せる。

「嫌です！　このままじゃ、大変なことになるのですよ⁉　敵だけじゃなく味方にまでカイレン様が恨まれることになるのですよ！」

「だ、だから、そうはならねえって！　打ち合いになったとしても、元老院の連中の責任――」

「そんな理屈は市民には通用しないのですよ！　怒りの矛先は生きている指導者に――」

やいのやいの揉めている2人に、オルマシオールは困り顔になる。

本来ならば死体を引き渡して役目は終わりだったはずだが、どうやらフィレクシアは自分に砦まで連れて行かせるつもりのようだ。

指定されている者以外が人質になっても無意味なのではないか、とオルマシオールは内心首を傾げる。

「ウリボウさん！　私がティティスさんの代わりになります！　連れて行ってください！」

「ああもう！　カイレン、どうにかしてそのアホの口を塞いどけ！」

喚くフィレクシアに、ラースが呆れて声を上げる。

だが、目はしっかりとオルマシオールを見つめたままだ。

彼らの後ろから何人もの兵士たちが駆け付け、剣を抜いてラースの横に並ぶ。

オルマシオールは顔をしかめ、腰を上げた。

「お前ら、そのバカでかいウリボウから目を離すなよ。この獣は背中を見せると飛び掛かって来る習性がある。少しずつ後ずさりしろ」

ラースがそう言いながら、ジリジリと後ずさりする。

オルマシオールはやれやれとため息をつくと、鼻先で死体入りの布袋を押した。

ゆっくりと、そこから10メートルほど後ろに下がって腰を下ろした。

「……こりゃ驚いた。持って行けってことか？」

問いかけるラースを、オルマシオールはじっと見つめる。

ラースは数秒間オルマシオールと見つめ合うと、剣を背に戻した。

「お、おい！　ラース！」

「黙ってろ」

ラースが布袋に歩み寄り、左手で捲った。

中身が死体だと確認し、肩に担ぐ。

オルマシオールはそれを見届けると、踵を返して歩き出した。

「ま、待ってください！　私も、一緒に……けほっ、けほっ！」

「ほら、帰るぞ。あーあー、泥まみれになっちまって」

「はあ、やれやれ……連中に何て返事を出せばいいんだよ……」

「ウリボウさん！　待ってください！」

「「お前はもう黙れ‼」」

カイレンとラースの怒声にオルマシオールは辟易しながら、小走りで砦へと向かうのだった。

陣地へと引き返したカイレンたちは、先ほどまでいた場所に戻ると一息ついた。

ラースが地面に布袋を下ろし、もう一度捲って中を確認する。

伝令に出した兵士の死体で間違いないようだ。

「で？　カイレン、どうすんだよ？」

ラースがカイレンに目を向ける。

彼はやれやれといった様子で、ため息をついた。

「どうするも何も、さっきも言っただろ。ティティスを人質になんて話にならねえよ。急いで、別の条件を考えて連中に同意させるしかない」

「はっ、それを聞いて安心したぜ。条件を飲むなんて言ったら、この場でお前を叩き斬ってたところだ」

「当たり前だろ。ただでさえ、あいつには苦労かけっぱなし……お、おい、フィレクシア、どこ行くんだ？」

とぼとぼと去って行くフィレクシアに、カイレンが声をかける。

「ぐすっ、もう寝るのですよ。ほっといてください」

「なら、俺がラタで送るよ。ほら、こっち来い」

「嫌です。しばらくは、カイレン様の顔は見たくありません」

フィレクシアはそう言うと、近場にいた兵士に声をかけてラタに乗せてもらった。

カイレンは「仕方ない」とため息をついて、その兵士に頷く。

ドカドカと蹄の音を響かせて、フィレクシアは軍団要塞へと帰って行った。

「ここで大丈夫なのです。ありがとうございました」

「フィーちゃん、カイレン様はフィーちゃんのこと大切に思ってるよ。でも、軍団長として考えなきゃいけないこともあるしさ……あんまり怒らないでやってくれよな？」

気遣う言葉をかける兵士に、フィレクシアは微笑む。

「はい。ありがとうなのです。降ろしてもらえますか？」

兵士の手を借りてラタを降り、フィレクシアは天幕へと駆けて行く。

彼は心配そうな目でその背を見送っていたが、やがて陣地へと戻って行った。

フィレクシアはちらりと振り返ってそれを確認すると、ティティスのいる天幕へと一目散に駆け出した。

「はあっ、はあっ、ティティスさん！」

突然入って来たフィレクシアに、机に向かって補給関連の書類に目を通していたティティスが驚いた顔になる。

「フィレクシアさん？　どうしたんですか、そんなに慌てて」

「はあ、はあ……ティティスさんに、聞いてほしいことがあるのです」

「まあ、座ってください」

真剣な表情のフィレクシアに、ティティスが席を勧める。

ティティスの対面に座り、フィレクシアは先ほどの出来事と、アルカディア軍から来た書状の内容を話し出した。

「……私を人質に、ですか」

「はい。作戦を受け入れる条件として、彼らはティティスさんを人質に要求しています。ですが、カイレン様はそれに応じる気はないのですよ。このままでは、毒の乱打戦になってしまいます」

「……」

ティティスは少し悲しげな顔で考え、立ち上がった。

「……行くのですね？」

「はい。私のせいで、カイレン様の邪魔をするわけにはいきませんから」

「なら、私も行くのですよ」

そう言って立ち上がるフィレクシアに、ティティスが驚いた顔になった。

「なっ⁉ 何を言っているのですか！ フィレクシアさんが付いてくる必要なんてないじゃないですか！」

「嫌です！ 私だって、カイレン様の——」

フィレクシアが言いかけた時、微かにラタの蹄の音が近づいてくることに2人は気づいた。

2人ははっとして、声の方へと目を向けて耳を澄ます。

「なあ、いくらなんでも考えすぎだろ」

「いや、もしもってこともある。さっきの腹いせに、フィレクシアがティティスに話してでもしたら——」

「……っ」

フィレクシアが涙ぐみ、ティティスの手を掴んだ。

「ティティスさん、行くのですよ」

「で、でも」

「拒否するなら、ティティスさんも行かせません」

そうしている間にも蹄の音は近づき、ラタを降りる2つの音が天幕のすぐ外で響いた。

「っ！　分かりました。こっちへ」

ティティスが天幕の奥へと走り、ブーツからナイフを取り出して縦に切り裂いた。

その隙間に身を滑らせ、2人は天幕の外へ出た。

外からティティスに呼びかけるカイレンの声が、すぐそこから聞こえてくる。

「どうなっても知りませんよ」

「望むところなのです」

「望むんですか……」

ティティスは呆れた声を漏らしながらも、フィレクシアとともに厩舎へと駆け出した。


その頃、砦の北門では、一良《かずら》、バレッタ、リーゼ、ジルコニア、エイラ、そしてターナとミュラがロズルーたちを待っていた。

他の皆は明日に備えて、それぞれ自室で休んでいる。

丘を駆けあがって来るロズルーと弟子の姿に、一良《かずら》がほっと息をついた。

そわそわとロズルーの帰還を待っていたターナとミュラが、わっと駆け出して行く。

「ああ、よかった。他の皆も、元気そうですね」

一良《かずら》が言うと、バレッタもほっとした様子で微笑んだ。

ロズルーたちの後ろから、彼の他の弟子たちも続々と戻って来る姿が見える。

皆がギリースーツ姿なので、モサモサした草のお化けが走っているような光景だ。

「毎日無線機で連絡を取り合っていても、顔が見れないとすごく心配になっちゃいますよね」

「ですね……前にバレッタさんにジルコニアさんの救出作戦に加わってもらった時も、正直生きた心地がしなかったですよ」

「えっ。そ、そうですか……えへへ」

「むー。そんなやり取りをする2人に、リーゼが口を尖らせる。

そんなに心配してもらえるなら、私も何か危険な任務に出ればよかったなぁ。次の偵察任務、私も志願しようかな?」

「こ、こら、物騒なこと言うな。俺を心労で殺す気か」

「おっ、心配してくれるの？　バレッタの時みたいに？」

流し目を送るリーゼに、一良《かずら》がため息をつく。

「当たり前だろ。勘弁してくれ」

「へえ……よっし！　次の偵察任務、私も志願しよ！」

　したり顔で言うリーゼの両肩を、一良《かずら》がしっと掴む。

「冗談でも、そういうこと言うのはやめてくれ。頼むから」

「う、うん。ごめん」

　真顔で言う一良《かずら》に、リーゼがこくこくと頷く。

「わわっ!?　下ろして！　下ろして！」

　すると、突然ミュラの叫び声が響いた。

　何事かと、一良《かずら》がそちらに目を向ける。

　ロズルーに抱っこされたミュラが、彼の顔を両手で押しのけながらじたばたと暴れていた。

　その傍では、ターナが「うっ」と呻きながら口元に手を当てて後ずさりしている。

「いててっ!?　こ、こら！　何するんだ!?」

「お父さん臭い！　早く下ろしてってば！」

「は、鼻が曲がりそう……先にお風呂に入ってきて。けほっ、けほっ」

　下ろされるやいなや、全力ダッシュで一良《かずら》たちの下へと駆け戻って来るミュラ。

　体当たりするような勢いで一良《かずら》の足に抱き着き、ズボンに顔を擦り付けながら荒い息を吐いている。

　ターナも悪臭にむせ返りながら、歩いてこちらに戻って来る。

ロズルーと弟子は、２人して泣きそうな顔になっていた。

「おっとと！　ミュラちゃん、大丈夫？」

足に抱き着かれた一良《かずら》はよろめきながらも、ミュラの頭を撫でた。

「うう、鼻に臭いがこびりついてる……カズラ様、抱っこしてください……」

「う、うん」

一良《かずら》が抱き上げると、ミュラは彼の胸に顔を擦り付けて深呼吸した。

一良《かずら》が首から下げているアロマペンダントの香りがお目当てのようだ。

「っ……はぁぁぁ。やっぱり、カズラ様はいい匂いです」

ミュラがほっとした顔で、一良《かずら》に微笑む。

そんな彼女に、一良《かずら》は苦笑を向けた。

「はは……お父さん、すぐにお風呂に入ってもらおうね。綺麗になったら、ぎゅってしてあげてね」

「はい。でも、あの臭い、お風呂に入っただけで落ちるんですか？」

ミュラが眉間に皺を寄せて、とぼとぼと丘を上がって来るロズルーを見る。

「いや、さすがに落ちると思うよ？」

「カズラ様、あれはかなりしっかり洗わないと、落ちないと思います……うぇ」

戻って来たターナが、今にも吐きそうといった顔で言う。

「すみません、私にもそれを嗅がせてください……」

「あ、はい。今外しますね」

「いえ、少し嗅げば大丈夫ですから」

ターナが一良《かずら》の首元に顔を寄せ、深呼吸をする。

彼女の髪からふわりと漂ってきたいい香りに、一良《かずら》はどぎまぎしてしまう。

「そ、そんなに臭いんですか？」

「いくらなんでも、大袈裟すぎるんじゃ……」

一良《かずら》の首元でスーハースーハーしているミュラとターナを、リーゼとバレッタがいぶかしげに見る。

ミュラとターナが、２人をちらりと見た。

「大袈裟じゃないです」

「そ、そうですか」

「あっ、ロズルーさ……うっ⁉」

丘を上がってきたロズルーたちにバレッタは駆け寄り、引き攣った表情で立ち止まった。

リーゼも彼らに歩み寄り、同じように「うっ⁉」と声を漏らして固まる。

「お、お風呂の準備ができてますから！　エイラさん、カズラさんの部屋から、詰め替え用のボディーソープを２袋持ってきてください！」

「か、かしこまりました！」

エイラが慌てて宿舎へと駆けて行く。

「おふたりとも、今日は最低10回は体を洗ってください。あと、ギリースーツの中に着ている服は焼却処分しますね」

「ねえ、カズラ。あのギリースーツ、もうダメだと思うよ。新しいの用意できない？」

一良《かずら》の下に駆け戻ったリーゼが、彼の服の裾《すそ》を引っ張る。

ターナとミュラはそそくさと、砦の中に戻って行ってしまった。

「予備が何着かあるけど……そんなに臭いのか？」

「控えめに言って、地獄みたいな臭いがする」

「どんな臭いだよ……」

「……ロズルーさん、俺もう泣いていいですか？」

「いいぞ。俺はもう泣いてるから」

ロズルーたちと弟子はしおしおと涙を流しながら、バレッタに先導されて砦の中へと入って行く。

彼らが傍を通った時に一良《かずら》もその臭いを嗅いだのだが、思わず顔を引き攣らせて「おお……」と声を漏らしてしまった。

リーゼの表現は、間違っていない。

「あらあら……カズラさんまでそんな顔をしたら、彼らがかわいそうですよ？　皆、お疲れ様。お風呂の用意がしてあるから、入ってね」

傍にいたジルコニアが、後から戻って来たギリースーツ姿の若者たちを労う。

全員、風呂場に直行だ。

「す、すみません。ジルコニアさんは平気なんですか？」

「まあ、確かに臭かったですけど、前にカズラさんたちから流木虫の燻製を送り付けられた時に比べれば全然平気です。私、倉庫の中であの臭いにまみれて生活していましたからね。あの時は鼻がもげるかと思いました」

「ああ、そんなこともありましたね……あの時はすみませんでした。あれしか方法が思いつかなくて」

謝る一良《かずら》に、ジルコニアが笑う。

「いえいえ、いいんですよ。今でも時々流木虫の燻製に圧し潰される夢を見ますけど、ちーっとも気にしていませんから」

「え？　いや、あの……」

「でもまさか、私が一番嫌いな芋虫を送り付けてくるとは思わなかったです。あの作戦を考えたのって、カズラさんでしたよね？」

にこりと可愛らしく微笑むジルコニア。

これは冗談ついでに、何か「おねだり」をしているな、と一良《かずら》は察した。

「……いやぁ、あの時は仕方がなかったとはいえ悪いことしました。今さらですけど、今度お詫びに本物の生チョコを買ってきてあげますから」

「やった！　もっとたくさん生チョ……ん？　それって、『生チョコ仕立て』とは違うんですか？」

ぱっと表情を輝かせたジルコニアだったが、「本物の」という語句に気づいて小首を傾げる。

「ちょっと違いますね。この間渡したやつは、名前のとおり『生チョコっぽく仕立てた』チョコレートなんです。本物の生チョコは、もっとまろやかで、とろけるような甘さで、もうたまりませんよ」

「あれより、もっと……」

一良《かずら》の説明に味を想像してしまったのか、ジルコニアが口の端によだれを光らせる。

これは完全にチョコレート中毒だな、と一良《かずら》が思っていると、傍で苦笑していたリーゼが何かに気づいて丘の先を見た。

「カズラ、オルマシオール様が帰って来たよ」

「おっ、戻ってき――」

「カズラさん、カズラさん！　いつ？　いつ食べさせてくれるんです？　いつです？」

駆け戻って来るオルマシオールに目を向ける一良《かずら》に、ジルコニアがしがみ付いて急かす。

「あ、後で持ってきてあげますから」

「後でっていつです!?　ねえねえ!?」

「お、お母様！　落ち着いてください！」

一良《かずら》にしがみつくジルコニアをリーゼが引き剥《は》がそうとしていると、オルマシオールが戻って来た。

「オルマシオールさん、お疲れ様でした」

『うむ。何を採め……ここも臭いな』

「え？　あ、さっきまでロズルーさんたちがいましたからね」

オルマシオールと一良《かずら》が話し始めるが、興奮状態にあるジルコニアは眠気を感じていないようだ。

リーゼは少しふらつきながらも、ジルコニアを羽交い絞めにして一良《かずら》から引き剥がす。

「生チョコ、生チョコが食べたいの……」

「お母様、きっとそのうちカズラが持ってきてくれますから……ん？」

リーゼが半ば呆れながらそう言った時、丘の先から、激しい蹄の音が響いてきた。

「あれ？　今って、斥候って出てたっけ？」

リーゼが怪訝な顔で一良《かずら》に聞く。

ジルコニアも正気に戻り、音の方へと目を向ける。

「いや、ロズルーさんたちも帰って来たし、夜間の偵察はウリボウたちに任せてあるはずなんだけど……」

『……ほう。まさか、送り出してくるとはな』

闇に目を凝らす一良《かずら》の隣で、オルマシオールが意外そうに言う。

「え？　オルマシオールさん、見えるんですか？」

『ティティスといったか。そいつが来るぞ』

「「えっ⁉」」

一良《かずら》とリーゼの声が重なる。

そしてすぐ、闇の中からラタに跨った軍服姿のティティスが現れた。

その背に、フィレクシアというおまけを乗せて。

「マ、マジか。本当に人質を……あれ？　護衛がいない？」

「ほんとだ。どうしてだろ？」

彼女らの周囲には他の騎兵はおらず、どうやら単騎でここまでやって来たようだ。

普通ならば護衛を付けるだろうに、と一良《かずら》とリーゼは困惑顔になる。

「あれは……勝手に抜け出してきたっぽいわね」

「「えっ」」

ジルコニアの言葉に、再び2人の声が重なる。

「荷物も何も持ってないみたいだし、そういうことじゃない？　書状を受け取ってすぐに人質を出すっていうのも、ちょっと変だし」

「なるほど……でも、どうしてそんなことをしたんですかね？　それに、秘書官さんの後ろに乗っている彼女は……」

「まあ、彼女たちに直接聞いてみれば分かります。出迎えに行きましょう」

丘を下るジルコニアの後を、一良《かずら》とリーゼも追う。

ラタを怖がらせてはいけないだろうと、オルマシオールはその場に座って3人を見送った。

ティティスたちのラタは丘の終わりにまで幾重にも掘られた防塁の前にたどり着くと、ゆっくりと歩みを止めた。

彼女らに駆け寄ろうとする警備兵を、ジルコニアが制す。

「あっ、ジルコニア様！」

フィレクシアがジルコニアに気づき、大きく手を振る。

「ひさしぶりね。元気にしてた？」

ジルコニアが声をかけると、フィレクシアはぱっと笑顔になった。

「はい！　ジルコニア様もお元気そうでなによりなのです！」

「フィレクシアさん、ラタから降りてください」

「あ、はい！」

ティティスが後ろを振り返ってうながすと、フィレクシアは彼女の服にしがみつきながら、恐る恐るといった様子で片足を持ち上げた。

「ほら、掴まりなさい」

「す、すみません」

ジルコニアが差し出した手を掴み、ずるずる、とラタから飛び降りる。

ティティスもラタから降り、ジルコニアにぺこりと頭を下げた。

「ジルコニア様、おひさしぶりです。貴軍の出した条件どおり、人質としてやって来ました」

「そう。でも、勝手に出てきちゃったあなたに、人質としての価値があるのかしら？」

ジルコニアが言うと、ティティスは悲しそうに目を伏せた。

本当にそうだったのかと、一良《かずら》とリーゼがちらりと目を合わせる。

「分かりません。ですが、あなたたちの要求には応えているかと」

「……まあ、確かにそうね」

ジルコニアがフィレクシアに目を向ける。

「あなたはどうして来たの？　呼んだ覚えはないのだけれど」

「そ、それは、えっと……」

フィレクシアが少し目を泳がせる。

「人質は1人より2人のほうが価値があるのですよ！　私も人質にしてください！」

「何よそれ。そんな理由で、くっついてきたの？」

「そ、そんな理由って何ですか⁉ 私にも、十分人質としての価値はあるのですよ！」

呆れたように苦笑するジルコニアに、フィレクシアが憤慨する。

「まあ、こっちとしては大歓迎だけどね。ありがたく、２人とも人質にさせてもらうわ」

「……ジルコニア様、我々はそちらの要求に応えました。カイレン様の作戦には、協力していただけるのですね？」

沈んだ表情のまま、ティティスがジルコニアを見る。

「それは作戦の内容次第ね。まだ何も聞かされてないのだし。あなたは、作戦の内容は把握しているの？」

「はい。詳しくは、ナルソン様も交えて砦内でお話しさせていただいてもよろしいでしょうか？」

「ええ、分かったわ。その前に、身体検査をさせてもらうわね。凶器を持っているなら、今この場で出しなさい。どのみち、一度全裸になってもらうけど」

「かしこまりました」

「ぜ、全裸ですか……」

即座に頷くティティスと、表情を引き攣らせるフィレクシア。

「そんな顔しなくても、ちゃんと女の兵士に確認させるわよ。反抗さえしなければ手荒なことはしないから、安心して」

「は、はい……」

　ティティスがブーツの隙間に手を入れ、ナイフを取り出す。

　刃先をつまみ、ジルコニアに差し出した。

「私が持っているのは、これだけです」

「預かっておくわ。フィレクシア、だったわね。あなたは？」

「私は丸腰なのですよ」

「そう。じゃあ、行きましょうか」

　ジルコニアはそう言うと、彼女たちの乗って来たラタに歩み寄り、その尻をパチンと叩いた。

　バルベール陣営に向かって走り去るラタを見送り、ジルコニアが丘を上がり始める。

　ティティスとフィレクシアは、その後に続いた。

「カズラ、こっち」

　リーゼが一良《かずら》をうながし、彼女たちの後ろに回った。

　一良《かずら》を自分より半歩後ろに下がらせ、手を伸ばせば届くほどの距離を歩く。

　リーゼは左手の袖《そで》に隠してあった護身用の短剣を握っており、前を歩く2人に鋭い視線を向けている。

　フィレクシアはそれが気になるようで、ちらちらとリーゼを振り返っている。

「あ、あの、何もしませんから、それはしまってもらえませんか？」

怯えた様子で言うフィレクシアに、リーゼはにこりと微笑んだ。

「いいえ、そういうわけにはいかないわ。万が一ということもありますからね」

「でも……」

「フィレクシアさん、これは当然の処置です。我々は捕虜なのですから、従いましょう」

ティティスに言われ、フィレクシアが渋々頷く。

そうして丘を上り切ると、オルマシオールがお座りをして待っていた。

ティティスとフィレクシアは一瞬身を硬直させたが、足は止めずにジルコニアの後を追う。

オルマシオールが腰を上げ、フィレクシアの隣に並んで城門をくぐった。

「……アルカディア軍は、ウリボウを手懐けることができているのですね」

オルマシオールを横目で見ながら、ティティスが言う。

「ただのウリボウじゃないわ。戦いの神、オルマシオール様よ」

「……は？」

怪訝な顔をするティティスに、ジルコニアが少し振り返る。

「前に砦の倉庫で話した時に、食糧事情改善の話をしたのを覚えてる？」

「は、はい」

以前、砦がバルベール軍第10軍団に占領されてジルコニアが捕虜になった折、ジルコニアはティティスから誘導尋問のようなことをされたことがあった。

そのなかでアルカディアの食糧事情が急速に改善した話も出たのだが、その時ティティスは「グレイシオールの加護が強いグリセア村の土を使って農作物を増産させた」という、ナルソンが巷に流した噂《うわさ》話を口にしていた。

「あれね、実はグリセア村の土を使ったわけじゃなくて、実際にグレイシオール様が現れて私たちを救ってくれたからなの」

「……」

「あ、別に信じてくれなくてもいいのよ？」

顔をしかめるティティスに、ジルコニアが笑う。

「ただ、あなたたちが今、2つの小国相手にどうしてこんなに手こずっているのかを教えてあげようと思って。いくらなんでも、不自然だとは思わなかった？」

「……鉄の弾を飛ばしてくる長距離射撃兵器や、異常な勢いで燃え上がる火炎壺も、グレイシオールやオルマシオールがもたらしたというのですか？」

「まあ、そんなところね。私たちには神様が付いてるってわけ」

「むう。いくら技術に自信があるからって、そんなデタラメを言うのはあんまりなのですよ」

フィレクシアが頬を膨らませる。

「どうせ、市民や兵士たちの士気高揚のための作り話なのです。ティティスさん、真に受けちゃダメですよ！」

「酷いわね。本当の話なのに」

そんな話をしながら5人と1頭は砦内を進み、宿舎へと向かうのだった。

「少し待ってて。廊下に侍女と警備兵がいるから、何かあったら声を掛けなさい」

そう言って、ジルコニアが客室の扉を閉める。

燭台《しよくだい》の蝋燭《ろうそく》がぼんやりと照らす室内に、ティティスとフィレクシアの2人が残された。

「……はあ。来てしまいましたね」

部屋の中央に置かれた丸テーブルのイスに、ティティスが腰かける。

テーブルには銅の水差しとコップ、真っ赤な瑞々しい果物が銀皿に何個か盛られていた。

ナイフは見当たらないので、食べるとしたら丸かじりするしかなさそうだ。

窓の傍には植木鉢が置かれていて、場違いにも思えるほどに美しい花々がいくつも咲いている。

「うう、怖かったのです。私たちの後ろにいた美人さん、『いつでも殺すぞ』って雰囲気でしたよ……」

リーゼの表情を思い出し、フィレクシアが身を震わせる。

あれは、何かしたら即座に刺すつもりの表情だった。

「ジルコニア様も何だか眼つきが怖かったですし、ウリボウさんはすごい迫力でしたし……私たち、酷い目に遭わされないか心配なのです」

「フィレクシアさん。今さらですが、本当に来てよかったんですか？」

疲れた顔で、ティティスが尋ねる。

「人質として要求されていたのは私だけです。それに、あなたが人質になったと知ったら、カイレン様は青ざめますよ」

「そんなことはないのですよ」

フィレクシアが表情を曇らせる。

「私がカイレン様に渡せる兵器は、すべて造りました。これ以上、戦いでお役に立つことはできません」

「そんなことはないでしょう。あの移動式の防御塔だって、たった数日で考えて詳細な設計図を描いて作ってしまったではないですか」

「あれは、移動防壁を見た元老院司令部が『移動防壁を火に強くしたうえで射手を乗せられるように改良しろ』、と資材を送り付けて命令してきたから作ったものなのです」

フィレクシアが言い、悔し気に表情を歪める。

「それを、毒の兵器を上から飛ばすために使おうとするだなんて！　私は騙されたのですよ！」

「……それは、フィレクシアさんがあそこまで大掛かりなものを作ったから利用されたのでは？　元老院の指示とは、あの防御塔はだいぶかけ離れた構造のような気がするのですが」

ティティスの指摘に、フィレクシアが「うっ」と言葉を詰まらせる。

カイレンお抱えの技師であるフィレクシアの功績は、そのままカイレンの評価にも直結する。なので、フィレクシアはカイレンに喜んでもらおうと、元老院の指示内容を魔改造してあの防御塔を作り上げたのだ。

あの防御塔と従来の移動防壁を組み合わせて活用すれば、アルカディア軍の火炎弾の射程外からバリスタで射撃が行えるはずだった。

当然ながらカノン砲に狙われるだろうが、他の部隊はカノン砲の被害を受けなくなる。

アルカディア軍に対して、必ず有効な兵器になるだろうとフィレクシアは考えていた。

「まあ、元老院が毒の兵器を増産させていたとは思いませんでしたけどね……」

「そ、そうなのですよ！　まさか、資材の取り寄せ内容から気づかれるとは思いませんでした。バレないように、届けてもらう場所もバラバラにしたのに……」

フィレクシアが悔しそうにうつむく。

「きっと、私の行動はずっと監視されていたのですよ」

「かもしれませんね。ただでさえ、カイレン様は元老院に目を付けられていますから。その力になっているフィレクシアさんも――」

ティティスがそう言った時、部屋の扉が開き、ガチャガチャと鎧の音を響かせてシルベストリアとセレットが入って来た。

後から入ったセレットが、バタン、と扉を閉める。

「身体検査を行う。2人とも、服を脱げ。髪の中も調べるから、その三つ編みも解くんだぞ」

有無を言わさぬ、といった口調でシルベストリアが言う。

「……フィレクシアさん、脱ぎましょう」

「は、はい」

ティティスが立ち上がり、三つ編みに手をかける。

フィレクシアは不安げな顔で、ワンピースの肩紐《かたひも》に手をかけた。

「言っておくが、もし部屋の中に武器を隠したなら正直に話せ。今なら許してやる」

「そんなことはしていませんよ」

「そうか。まあ、嘘をついていたとしても、必ずバレるがな」

「……」

冷たい口調で言うシルベストリアに、ティティスは黙って髪を解き続ける。

フィレクシアは一足先に、ワンピースを脱いで全裸になった。

羞恥に顔を赤く染め、両手で胸と股間を隠す。

「うう、恥ずかしいのです……」

「セレット」

シルベストリアに呼ばれ、セレットがフィレクシアの下へと進む。

「口の中から調べるわ。あーんって、大きく開いて」

「あー」

あんぐりと口を開くフィレクシア。

セレットはポケットからペンライトを取り出すと、スイッチを入れてフィレクシアの口の中を照らした。

突然出現した眩い光に、髪を解いていたティティスが目を見開いて手を止める。

フィレクシアも、ぎょっとした顔で目を真ん丸に見開いた。

「ああ!? あうえうあほえ!?」

「黙って口を開けてなさい」

セレットが左手でフィレクシアの口を掴み、唇の裏側まで丁寧に調べる。

「手が止まっているぞ。さっさと髪を解け」

「は、はい」

シルベストリアに急かされ、ティティスは慌てて手を動かした。


数十分後。

身体検査を終えたティティスとフィレクシアは、シルベストリアに連れられて廊下を歩いていた。

2人とも元の服装に戻っており、ティティスの髪も編み直してある。

最後尾にはセレットが続いており、油断なく2人を見張っていた。

「うう、まさかお尻の穴を広げて見せることになるとは思わなかったのですよ……」

とぼとぼと廊下を歩くフィレクシアは半べそ状態だ。

ティティスもげんなりした顔で、肩を落としてその隣を歩いている。

「まあ、人質にああいった検査はすることは、よくありますから……とはいえ、あそこまで屈辱的だとは」

ティティスはそう言いながらも、今のところはフィレクシアが非人道的な扱いを受けていないことに少しだけほっとしていた。

軍団要塞を抜け出て来た時は焦りすぎていてフィレクシアの同行を許してしまったが、今になって考えればかなりうかつな行動だった。

人質として要求されている自分とは違い、フィレクシアは勝手に付いてきただけだ。

フィレクシアが兵器職人であることは、少し前にあった丘を下った先での対談と、砦の倉庫でジルコニアと話した際に露見してしまっている。

まさに、飛んで火にいる何とやらで、兵器の情報を求められたら素直に話さねば何をされるか分かったものではない。

フィレクシアを怖がらせるといけないので、その考えは話していないのだが。

「あんなの、もう二度と御免なのですよ……恥ずかしすぎて、夢に見そうなのです」

「もしかしたら、また何度か同じように検査されることもあるかもしれません。その時は諦《あきら》めて従いましょう。私も付きあいますから」

「ええ……ティティスさん、根性ありすぎなのですよ」

「着いたぞ。くれぐれも、言動と態度には気をつけろ」

シルベストリアが扉をノックして名乗り、返事を待って扉を開く。

中では、ナルソンをはじめとしたアルカディア首脳陣がテーブルの向こう側に座っていた。

ティティスがぺこりと頭を下げる。

フィレクシアもそれに倣って、慌てて頭を下げた。

「バルベール軍第10軍団、軍団長付き秘書官のティティスと申します」

「あ、えっと、私は技師のフィレクシアと申しますです」

「うむ。よく来てくれた。まあ、座ってくれ」

ナルソンがにこやかに、2人に正面の席を勧める。

2人は「失礼します」と断りを入れ、席に着いた。

長テーブルの対面にはナルソンが座っており、その両脇にはジルコニアとルグロ、イクシオスやミクレムといった将軍たちも座っている。

一良《かずら》、バレッタ、リーゼの3人は、この場にはいない。

部屋の隅には、昨日までは置かれていなかった観葉植物が置かれていた。

フィレクシアは室内にリーゼの姿がないのを見て、ほっとした顔になっている。

「これほどすぐに秘書官殿が来てくれるとは思っていなかったから、とても驚いたよ」

ナルソンが柔らかい口調で、2人に話しかける。

「しかも、技師の女性まで一緒だとは。フィレクシア殿は、毒の兵器や大きな矢を飛ばす長距離射撃兵器、大型投石機などを作ったかただと聞いているが？」

「はい。あれらは私が設計したものです」

「ふむ。1人で考えたのか？」

「はい」

「ほう、それはすごいな。せっかく来たんだ、これから、我らの兵器職人とも親交を深めていってくれ。後ほど、紹介しよう」

「えっ、本当ですか⁉　ありがとうございます！」

フィレクシアがぱっと表情を輝かせる。

そのやり取りに、ティティスは内心「仕方ないか」とため息をついた。

ナルソンがそんなことを言うということは、自分たちは戦争がバルベールの勝利で終わらない限りは、一生囚われの身ということだろう。

解放される日まで、どうにかして自分が彼女のことを守らねばならない。

「あっ、それとですね！　さっき身体検査を受けた時に、ものすごく眩しく光る道具を、兵士さんが使っていたのですよ。あれは——」

「ナルソン様。早速ですが、毒の兵器についてお話ししたいのですが」

調子に乗って話し始めたフィレクシアを、ティティスがさえぎる。

「ちょっ、ティティスさ——」

「……」

不満顔を向けるフィレクシアの太ももに、ティティスがそっと手を置く。

その額に薄っすらと汗が浮かんでいることにフィレクシアは気づき、口を閉ざした。

「我々は毒の兵器の不使用協定を結びましたが、元老院は次の攻撃で大々的にそれらを使用するつもりです。それを阻止するために、皆さんに協力していただきたいのです」

「ふむ。どう協力してほしいのだ？」

「あなたがたの持っている、鉄の弾を飛ばす長距離射撃兵器で、元老院軍団を狙い撃ちしていただきたいのです」

ナルソンの目を真っすぐに見据え、ティティスは言い放った。

その頃、宿舎の別室では、一良《かずら》、バレッタ、リーゼの3人がソファーに座り、監視カメラから送られてくる映像を見つめていた。

元老院を狙い撃ちしてほしい、というティティスの言葉に、一良《かずら》が「おお」と声を漏らした。

「すげえ……イクシオスさんの予想、ドンピシャじゃんか」

「カイレン将軍、本当に元老院議員を皆殺しにするつもりなんですね……」

一良《かずら》とバレッタが感心した様子で言う。

リーゼは不快そうな表情で、モニターを見つめている。

「どこの国も、結局は個人の事情に周りが振り回されてるんだね。その犠牲になるのは、関係ない一般市民ばっかり」

「そうだな……でもまあ、これは俺らにとって好都合だぞ。相手の首脳陣を、一網打尽にできるかもしれない」

「うん。バレッタ、やれるかな？」

リーゼがバレッタに目を向ける。

「距離にもよりますが、全砲で一斉射撃すればきっと何人かは……でも、それだけでは全滅とはいかないと思います」

「だよね……あ、その話してる」

モニターから響く話し声に、3人は口をつぐんで耳を傾ける。

映像は常に録画しているので、後から見返すことも可能だ。

『なるほど、混乱に乗じて暗殺か』

モニターのなかのサッコルトが、納得した様子で頷く。

『はい。避難させると見せかけて、議員たちはあらかじめ忍び込ませた第10軍団の兵士が仕留めます。これなら上手くいくはずです』

『でも、それだと死体に刺し傷や殴打痕が残るんじゃない？　元老院軍団の兵士にも目撃されるだろうし、どうするつもりなの？』

ジルコニアがティティスに聞く。

本来ならば相手方の都合などどうでもいいのだが、興味が湧いたので聞いてみたのだ。

『何も皆殺しにするというわけではありません。最高司令官を務めている執政官と、それに近しい者を何人か仕留めるのが目的ですので。賭けになるかとは思いますが、カイレン様なら上手くやるでしょう』

『なるほどね。その人たちを始末できたら、頭を失った状態の司令部に、彼が臨時で全軍の指揮を執るって申し出る感じかしら？』

『おおむねそのようなかたちになるかと。そうなれば、毒の兵器の使用は阻止できます。戦場に立つすべての兵士たちのためにも、やらねばなりません』

『ふうん……ナルソン、どうする？』

ジルコニアがナルソンに目を向ける。

『毒の乱打戦が回避できるうえに、危険を冒さずに敵の総司令官を始末できるんだ。断る理由はない、が……』

ナルソンが少し考えるそぶりをする。

『そこまで協力するのなら、何かしらの見返りが欲しいところだな』

『見返り、ですか』

『うむ。率直に聞くが、毒の兵器の使用を阻止するというのは、執政官を始末するための建前だろう?』

探りを入れるような口ぶりで、ナルソンが言う。

『……どういうことでしょう?』

『言葉のとおりだ。カイレン将軍は、元老院から政治の主導権を奪い取るつもりなんだろう?』

『……』

『私が彼ならば、実権を握った段階で、一刻も早く戦争を終わらせたいと考える。首都に戻り、民の支持を得たうえで、名実ともに権力の頂点に立つためだ。砦への奇襲攻撃で市民から絶大な人気を得たカイレン将軍なら、それが可能だろうな』

アルカディアとてバルベールに間者は放っており、バルベールの民意がどういった状態にあるのかは把握している。

数カ月前、バルベール首都では、国境付近で発生したアルカディアによる村落や隊商の襲撃事件の噂が広まっていた。

アルカディアにいいようにやられていると考えていたバルベール国民は、北方から配置換えになったカイレンの軍団が砦を奇襲して陥落させたことで、「よくやった！」と彼のことを英雄として祭り上げたのだ。

『そこでだ。貴君らの作戦に協力する見返りとして、「砦の前に展開しているバルベール軍を全軍撤退させる」というのはどうだろう？　もちろん、こちらは撤退の邪魔立てはしないという約束の下でだ』

『……なるほど。そうすれば、アルカディアは防御を固めることができるし、カイレン様は首都に戻って自らの足元を固める時間を得られるということですね』

『うむ。我らとて、度重なる戦闘で多くの被害が出ている。それに、過度な徴兵で経済は鈍くなっているし、前回の戦争の時のように戦いが長引くのは困るのだ。もし可能なら、カイレン将軍が政治の実権を握った段階で、和平を提案したいと思っている』

「はー、ナルソンさん。上手いこと言うなぁ」

モニターから響く会話に、一良《かずら》が感心した声を漏らす。

「相手が望んでいることを、さもこちらの見返りのように言って行動を誘導するってことか」

「これなら、バルベール軍は大手を振って撤退できますね……すでに陥落している、ムディアに向かって」

バルベールは現在、北方の蛮族から全面攻勢をかけられている。

こちらにバレないようにこっそり部隊を抽出して北に送り返している状況のなか、この提案を出せばカイレンは飛びつくだろう。

何しろ、彼らはこちらがはるか北方でのその出来事をすでに知っているなど、夢にも思っていないのだ。

たとえ間者がそれを知らせるにしても、まだかなりの日数がかかると考えているだろう。

『では、そのようにカイレン将軍に手紙を出すとしよう。ティティス殿、書いていただけるかな？』

『承知しました。フィレクシアさんにも、サインをさせてもよいでしょうか？』

『ああ、もちろんだ』

ナルソンが差し出す紙とボールペンを、ティティスが受け取る。

隣のフィレクシアは、じっとそれを見つめている。

『……これは、見たことない筆記用具ですね。神から供与されたものですか？』

『うむ。とても便利な代物でな。インクを付けずとも、続けて文字を書くことができる。使ってみてくれ』

『はい。ナルソン様がおっしゃる内容をそのまま書いていく、というかたちでよいでしょうか?』

『ああ、そうしよう』

ナルソンが話す内容を、ティティスがスラスラと紙に書いていく。

文章の最後に、戦争が終わったらティティスとフィレクシアを返す、という文言も書かせた。

ティティスとフィレクシアはそれで少し安堵《あんど》したのか、緊張が少しほぐれた顔になっている。

「……お父様、バルベール軍を壊滅させるつもりだね」

リーゼのつぶやきに、一良《かずら》とバレッタは頷いた。


「……うむ。これでいいだろう」

ティティスが書いた手紙を読み、ナルソンが頷く。

「バルベール軍の攻撃開始は、夜明けと同時で間違いないのだな?」

「はい。執政官からの通達では、歩兵部隊の突撃に先立って、『新兵器』でアルカディア陣地を事前攻撃するとありました」

「どうにかして乱戦に持ち込むつもりか。だが、それでは味方も毒に巻かれることになるだろうに」

「多少の損害は覚悟してのことでしょう。毒の煙で守備に穴を開ければ、兵士の質による力押していけると考えているのかと」

ティティスの説明に、ルグロが不快そうに舌打ちした。

「煙を吸った奴がどうなるのか、分かってて使おうってんだろ？ 味方に被害が出てもかまわねえからやっちまえって、おたくらの司令部ってのは鬼畜かよ」

「同意です。先ほどナルソン様は、今回の提案について『執政官を始末するための建前』とおっしゃいましたが、決してそれがすべてではありません。彼らの非道を阻止するため、恥を忍んで皆様にお願いしているのです」

「ああ、俺らも協力するからよ。そんなクソみたいな連中には、とっととご退場願おうぜ」

「はい。よろしくお願いいたします」

ティティスがぺこりと頭を下げる。

1人だけ寝間着姿でぞんざいな口調のルグロに、「アルカディア軍にも変わった人がいるんだな」と感想を持っていた。

「んじゃ、ナルソンさん。早いとこ、この手紙をカイレン将軍のとこに送ろうぜ。連中の攻撃開始まで、あんまり時間がねえぞ」

「はい。オルマシオール様、お願いしてもよろしいでしょうか？」

ナルソンが声をかけると、部屋の隅にいたオルマシオールは腰を上げてナルソンに歩み寄った。

ナルソンが手紙を筒に入れて、オルマシオールに差し出す。

彼はそれを咥えると、ぴょん、と跳ねて窓から外へと飛び出して行った。

それまで腕組みして話を聞いていたイクシオスが立ち上がる。

「参りましょう。殿下、着替えを済ませてきていただけますでしょうか？」

「おう。まあ、いろいろと納得いかないとこはあるけど、やるしかねえよな」

ルグロも立ち上がり、ティティスに目を向ける。

殿下と聞き、ティティスは驚いた顔になっていた。

フィレクシアも、あんぐりと口を開けてルグロを見ている。

2人とも、まさかルグロが王太子だとは思っていなかったようだ。

「ティティスさん。俺はこんなクソみたいな戦争は、一日も早く終わらせたいって思ってる。それはあんたも同じなんだろ？」

「は、はい」

「だったらさ、手を貸してくれ。自分たちのためじゃなくて、俺らみたいなしょうもないバカな王族やバルベールの指導者に無理矢理付きあわされてる、すべての人たちのためだ」

ルグロが他の皆に目を向ける。

「いいか、お前ら。目的を見誤るんじゃねえぞ。俺らの目的はバルベールを滅亡させることじゃねえ。自分の国と民を守るために戦争してるんだ」

「もちろん承知しております。我々とて、殿下と同じ気持ちです」

ナルソンがルグロに同意する。

「この作戦は、その未来への第一歩です。民のためにも、必ずや成功させてみせましょう」

「おう。んじゃ、俺は着替えてくるからよ。皆は先に行っててくれ」

そう言って、ルグロは部屋を出て行った。

ナルソンが席を立ち、皆を見渡す。

「全軍、戦闘準備だ。敵の頭を刈り取るぞ」


北門の防御陣地に続々と兵士たちが集まるなか、ティティスとフィレクシアは不安げな様子でたたずんでいた。

彼女らの両脇にはシルベストリアとセレットが控えており、すぐ傍ではナルソンが伝令に次々と指示を飛ばしている。

ジルコニアや他の軍団長たちも、すでに自らの軍団で待機していた。

現時点ではティティスたちに無線機は見せないことになっており、誰も携帯していない。

ルグロは兵士たちを激励するとのことで、ルティーナと子供たちを連れて陣地を歩き回っている。

「ティティスさん、フィレクシアさん」

バレッタとリーゼを伴って門から出てきた一良《かずら》が、２人に声をかける。

３人とも、鎧姿だ。

バレッタは木箱を持っており、その中には氷が山盛りになった銀の器と香草茶入りのピッチャー、銀のコップがいくつか入っていた。

ティティスが振り返り、ぺこりと頭を下げた。

一良《かずら》はバレッタの木箱からコップを取り、氷とお茶を入れて2人に差し出した。

カラン、という氷がコップに当たって奏でる音に、２人が小首を傾げる。

まだ氷だとは気づいていない様子だ。

「冷たいお茶です。どうぞ」

「ありがとうございます。頂戴します」

「ありがとうございます」

ティティスとフィレクシアはそれを受け取り、そのひんやりとした感触に目を丸くした。

「これは……」

「な、夏なのに氷が?」

コップをのぞき込んで驚く2人に、一良《かずら》が微笑む。

今は7月であり、どこに行っても氷など手に入るわけがない。

驚いて当然だ。

「ええ。暑いですし、疲れが取れるかなって思って。どうぞ、飲んでください」

ティティスたちは戸惑いながらも、コップに口をつけた。

キンキンに冷えた麦茶が喉を滑り下り、緊張と夏の熱気で火照った体をさあっと冷やしていく。

そんな2人の脇にいる、シルベストリアにバレッタは歩み寄った。

「シルベストリア様もどうぞ。セレットさんも、飲んでください」

「おっ、ありがと！　暑くて参ってたとこなんだよね！」

「ありがとうございます。いただきます」

バレッタの木箱から自分でコップに氷を入れ、お茶を注ぐシルベストリアとセレット。

リーゼもコップを取り、ナルソンへとお茶を持って行っている。

美味しそうに喉を鳴らしてお茶を飲むシルベストリアたちを見て、ティティスははっとして辺りを見渡した。

樽の乗せられた荷車を引いた侍女や使用人たちが、陣地で休んでいる兵士たちにお茶を配っていた。

兵士たちは皆、「氷入りのお茶だ！」「そういえば今日が飲める日だった！」と大喜びしている。

氷は、宿舎に持ち込んだ業務用製氷機で作ったものだ。

一日の製氷量は230キログラムほどなので兵士たち全員に行きわたらせることはできないが、日ごとに順番で氷入りのお茶が提供されている。

ナルソン邸で使っていたものを、発電機と一緒に持ってきておいたのだ。

「……アルカディアでは、夏場に氷を作ることができるのですか？」

お茶に浮かぶ氷を不思議そうに見つめながら、ティティスが一良《かずら》に聞く。

「作れますよ。冬場の氷を取っておいて、それを使うってこともしてますけどね」

「ど、どうやって作るのですか⁉　さっぱり分からないのですよ！」

フィレクシアが興奮した様子で、一良《かずら》に詰め寄る。

「フィレクシアさん！」

すかさずシルベストリアが割って入ろうとしたが、一良《かずら》は「大丈夫ですよ」とそれを止めた。

「えっとですね。冬になる前に、山の上に氷池《ひいけ》という氷を作るための池を作っておくんです。それを冬に切り出して、山の中に作った貯蔵庫に保管して、夏に運んでくる感じですね」

「えっ？　で、でも、それだと輸送中に溶けちゃうじゃないですか。保管しておくにしたって、夏の暑さで……けほ、けほ」

しゃべりかけたフィレクシアが、口元を押さえて咳込む。

ティティスがその背中をさすった。

「ん、大丈夫ですか？　風邪でも引きました？」

「けほっ、けほっ……い、いいえ、大丈夫です。急に冷たい物を飲んだら、喉が……けほ、けほ」

ぜいぜいと肩で息をするフィレクシアを、ティティスが心配そうに見つめる。

「フィレクシアさんは体が弱くて……たまに高熱を出して寝込んでしまうこともあるんです。申し訳ないのですが、部屋で休ませてはいただけないでしょうか？」

「だ、大丈夫なのですよ！　喉が少し変なだけで……けほっ、けほっ」

かなり苦しいのか、ぜいぜいと呼吸音を漏らすフィレクシア。

それを見ていたバレッタが、少し顔をしかめた。

「ティティスさんは、同じような症状になったことはありますか？　熱を出して、咳が止まらなくなるとか」

「私ですか？　私はそのようなことは一度もありませんが」

「彼女の周囲で、似たような症状が同時期に広まったことは？」

「私の知る限りではありませんね。移る病気ではないと思いますので、安心してください」

ティティスの言葉に、バレッタがほっと息をつく。

結核やウイルス性の気管支炎なのでは、と疑ったのだが、彼女の説明どおりであればその線は薄そうだ。

もともと気管支が弱いのかな、と内心考える。

「フィレクシアさん、この前みたいに倒れてしまったら大変です。あの時は、本当に死んでしまうかと思ったんですよ？」

「うー……ティティスさん、大袈裟なのですよ」

「大袈裟じゃないです。カイレン様があなたのために、どれだけ医者にお金を積んだか……それなのに、『あとは本人の体力次第』って医者も半ば匙を投げていたんですよ？　持ち直したのは奇跡です」

「うう……」

フィレクシアがちらりと一良《かずら》を見る。

この場にいさせてほしい、と目が言っていた。

「……なら、イスを用意しますから、座りながら待つことにしましょうか？」

「はい！　ぜひそうさせていただきたいのです！」

ぱっと表情を綻ばせたフィレクシアに、ティティスがやれやれとため息をついた。

その後、バレッタとセレットがイスを持ってきて、皆で座ってお茶を飲んでいると、丘の先からオルマシオールが駆け戻って来た。

風のような速さで丘を駆け上がり、あっという間にナルソンの下へとたどり着く。

筒を受け取ったナルソンは、中の手紙を広げて目を通すと一良《かずら》に振り返った。

「夜明けと同時に、連中は全軍で前進を始めるようです。元老院軍団は、カイレン将軍が可能な限り前線の近くに進ませるとのことで」

「ふむ。砲撃のタイミングはどうするんです？」

「鏡を使うと書いてあります。間を置いて３回、日の光を反射させるとのことで」

「へえ、鏡ですか。それなら前進している味方からは見えませんし、上手い方法ですね」

「そうですな。今日も快晴になりそうですし、見逃すことはないでしょう」

ナルソンが空を見上げる。

まだ日は昇っていないが、晴れ渡った空は薄っすらと白み始めていた。

あと半刻もすれば夜明けだ。

「ナルソン様。カイレン様は、全軍の撤退には同意したのでしょうか？」

ティティスが不安げな様子で尋ねる。

「ああ。作戦が上手くいったら、生き残りの元老院議員を取りまとめて必ず全軍で撤退すると書いてある。目くらましのために、使者も出すそうだ」

「そうですか……」

「ああ！　よかったです！　これで――」

ティティスがほっとした顔を瞬時に強張らせ、フィレクシアの腕を掴む。

はっとした表情でフィレクシアは口を閉ざし、気まずそうにうつむいた。

「フィレクシアさん？　これで……何です？」

それまで口を閉ざしていたリーゼが、フィレクシアに声をかける。

その冷たい声にフィレクシアはびくっと肩を揺らし、「ええと」と視線を泳がせた。

「こ、これで、カイレン様は名実ともに国の指導者になれるのですよ！　政治を一新できるのです！」

「ですね。空席になった執政官の席に、カイレン様がつくことが現実味を帯びてきました。近いうちに、この戦争を終わらせることができるかもしれませんね」

フィレクシアに続いて言うティティスに、リーゼが微笑む。

「ええ、早くそうなることを、私も願っています。これからは、ともに平和の道を歩みたいものですね」

リーゼがそう言った時、ナルソンの下に伝令の兵士が駆けて来た。

「物見より報告です。バルベール軍が、全軍で前進を始めたとのことです」

「む、夜明け前に動き出したのか。こちらの動きに気づいて、焦ったのかもしれんな」

ナルソンがバルベール陣地の方へと目を向ける。

報告は防壁にいるニィナたちからのものだ。

彼女たちには暗視ゴーグルが渡されており、バルベール陣地を見張らせていた。

そこから報告が来たということは、時差は数分といったところだろう。

「まあ、兵士たちに食事を取らせる時間くらいはあるか。そろそろ配り始める頃だ。お前も戻って、戦闘開始までゆっくり休め」

「はっ！」

余裕な口ぶりのナルソンを、ティティスは緊張した表情で見つめている。

どうしてそこまで簡単に、自分たちやカイレンの話を信じるのだろうかと不思議に思っているのだ。

普通に考えて、バルベール軍がこれほどの戦力を張り付けている状態で撤退するのはあり得ない話である。

人質が殺されることも厭わずに攻撃を強行し、砦を奪取したうえで大手を振って凱旋し、政治の実権を握るとは考えないのだろうかと、ティティスはいぶかしんでいた。

「あの……すみませんが、名前を教えていただいてもいいでしょうか？」

ティティスがそんなことを考えていると、フィレクシアがバレッタに声をかけた。

「私ですか？　バレッタといいます」

「バレッタさん、あなたは技師なのですよね？」

「はい。兵器職人も兼業していますよ」

にこりと微笑むバレッタに、フィレクシアの瞳が輝いた。

「あっ、やはりそうだったのですか！　あの鉄の弾を飛ばす兵器の設計にも携わっていたりするのですか⁉」

「はい。あれは私が設計したものです」

「っ⁉」

フィレクシアの顔が驚愕に染まり、勢いよくイスから立ち上がるとバレッタに詰め寄った。

「ど、どうやって弾を飛ばしているのですか⁉　硫黄と何かの薬剤に火を点けて破裂させているのではと思うのですが――」

「フィレクシアさん！」

ティティスが慌てて立ち上がり、フィレクシアの肩を掴んでバレッタから離れさせる。

「ちょっ、何をするんですか⁉」

「立場をわきまえてください。私たちは捕虜なのですよ？」

「う……ご、ごめんなさいです……」

フィレクシアがしゅんとした顔で、バレッタを見る。

そんな彼女に、バレッタはにこりと微笑んだ。

「いえいえ、大丈夫ですよ。気にしないでください」

「申し訳ございません……彼女、興奮してしまったようでして」

「ふふ、私もそういうお話は大好きですから。また今度、お茶をしながらお話ししませんか？」

「ぜ、ぜひお願いします！　いろいろとお話ししたいのですよ！」

期待に染まった顔をしているフィレクシアを見て、リーゼが一良《かずら》にこそっと顔を寄せる。

「バレッタ、飴役上手だね」

「だな。リーゼの鞭役も、すごく様になってたぞ」

「む、鞭って何よ！ 酷くない⁉」

「いや、さっきまでのやり取り見てたら、どう見ても鞭にしか見えないって……2人を出迎えた時も、恐ろしい空気纏ってたし」

「だって、カズラとお母様が心配だったんだもん……あの2人が嘘ついてるのも腹が立ったし」

一良《かずら》とリーゼがこそこそと話していると、大鍋や山盛りのパンが入った木箱を載せた荷車が何台も門から出て来た。

一良《かずら》たちの下にも、エイラとマリーが荷車を引く使用人を従えてやって来る。

「皆様、朝食をお持ちいたしました」

エイラの声にナルソンが振り返る。

「うむ、ご苦労。皆、食事にしようか」

エイラとマリーが荷車から組み立て式テーブルを運び、手際よく組み立てて料理を並べた。

その後、エイラたちや運んできた使用人も混ざって皆で食事をしていたところにルグロ一家が戻って来て、彼らの存在をすっかり忘れていたナルソンは慌てて謝罪した。

そんなナルソンにルグロは、

「いや、先に食っていいに決まってんだろ。せっかくの料理が冷めちまうぞ」

と困惑顔で言い、ティティスとフィレクシアは改めて「変な人だ……」と感想を持ったのだった。

第6章　彼方からの書状

一良《かずら》たちが食事を始めてからしばらくして、砦の防壁からカンカンと警鐘の音が鳴り始めた。

あらかじめ決めておいた距離にまで敵が接近したことを知らせる合図だ。

防御陣地では食事の配布がまだ終わっておらず、侍女や使用人たちがパンだけでも配ろうと大急ぎで陣地内を走り回っている。

最前列の部隊から先に配布されていたため、まだ食べていないのは中央よりやや後ろの兵士たちのようだ。

「もう来たのか？　かなり早いな……」

ナルソンが空になったスープ皿をエイラに手渡す。

空はだいぶ明るくなってきてはいるが、太陽はまだ昇っていない。

「そんだけ、連中も焦ってるってことだな。おし、片付けるか」

ルグロが立ち上がり、皆の皿を集め始める。

「殿下、私どもがやりますので……」

「いいって。皆でやったほうが早いだろ？　カズラ、テーブル頼むわ」

「うん。ティティスさん、テーブルのそっち側持ってもらえます？　フィレクシアさんは、足を外してください。引っ張れば抜けますんで」

「はい」

「分かりました！」

「ほら、子供らも片付け手伝え。使用人さんに皿を渡す時は、『お願いします』ってちゃんと言うんだぞ」

「「「はい！」」」

子供たちが元気に返事をし、自分たちの使った皿を荷車へと持って行く。

ルティーナは気が気でないのか、何度も「気をつけてね」と子供たちに声をかけていた。

「バレッタ、私たちもパンを配るの手伝いに行こ！」

「はい。急いで配らないと」

バレッタとリーゼが席を立ち、駆け出して行く。

一良《かずら》たちは片付けを済ませ、テーブルも分解して荷車へと運んだ。

そうしている間にも空はだんだんと明るくなり、迫りくるバルベール軍の全容が露わになった。

移動防壁で下部を守った塔が、重装歩兵に囲まれるようなかたちでじわじわと進んで来ている。

そのすさまじい数に、一良《かずら》は唸った。

「相変わらず、すごい人数だなぁ……ざっと見たところ、10個軍団くらいかな？」

「そうですな。しかし、前回よりも若干《じゃっかん》数が少ないようにも思えますが……」

ナルソンがちらりとティティスたちを見る。

2人はその視線に気づいたが、気づかぬふりをしてじっと戦場を見つめている。

すると、ティティスがアルカディア防御陣地のあちこちにウリボウの姿があることに気が付いた。

それらのウリボウよりも2回りほど大きな体躯のオルマシオールが、トコトコと走ってウリボウたちのところを巡っている。

まるで何かを話しているような、そんな仕草だ。

「あれは……あのウリボウたちも、戦闘に参加するのですか？」

「うむ。貴君らの騎兵対策だ。騎兵で我が軍に攻撃を仕掛けても、彼らが一声吠えればラタは言うことを聞かなくなるだろうな」

「なるほど。それは効果的ですね。対策の立てようがありません」

「あの……どうやって、あの猛獣を手懐けたのですか？　あれは飼い慣らせられるような動物じゃないって聞いたことがあるのですよ」

フィレクシアがティティスの顔色を窺《うかが》いながら、ナルソンに聞く。

ウリボウは非常に獰猛な獣であり、たとえ子供の頃から育てたとしても、成体になればふとしたきっかけで飼い主ですら食い殺すことがある。

本来は群れで生活をする生き物ではないため、家畜には不向きなのだ。

「オルマシオール様がお力添えしてくださっているのだ。ウリボウたちは、神の尖兵だよ」

「そ、そんな！　真面目に答えてください！」

「私はいたって真面目だが？」

不満顔のフィレクシアに、ナルソンがすまし顔で答える。

「我らには神がついているのだ。我が国を勝利に導こうと、ご尽力くださっている。この戦争は、貴君らの負けだよ」

「……」

フィレクシアが口をつぐむ。

何をふざけたことをと言いたい気持ちはあるが、ここでナルソンに口ごたえしてもいいことなど何もない。

この作戦が上手くいき、カイレン主導の下で北方の蛮族を押さえ込めれば、年数はかかるだろうが大国であるバルベールは必ず勝利するだろうと疑っていなかった。

その間、自分はこの地で彼のためにやれるだけのことをやるつもりだ。

数々の先進的な道具や機械を開発した職人たちの価値は計り知れない。

その者たちが戦争のゴタゴタで殺されないように、バルベールの統治が行き届くまで生き延びられるように動く必要がある。

　それらの職人たちと協力して技術革新を進めれば、カイレンは自分の価値を改めて認めてくれるはずだ。

「ナルソン様」

　フィレクシアがそんなことを考えていると、ティティスがナルソンに声をかけた。

「ん、何だ？」

「ジルコニア様はどこにおられるのでしょうか？」

「ジルなら、自分の軍団で指揮を執っている。何か用事か？」

「いえ……」

　ティティスが表情を曇らせてうつむく。

　ナルソンは小首を傾げたが、すぐに視線を敵軍に戻した。

「さて……元老院軍団はどこかな？」

　ナルソンが双眼鏡を取り出し、目に当てる。

「ナルソン様、それは何なのですか？」

「これは双眼鏡と言ってな。遠くのものが、まるで間近にあるように見える道具だ」

　フィレクシアの質問に、ナルソンが双眼鏡を目に当てたまま答える。

「遠くのものを？　……あっ！　もしかして、水を使って物を大きく見たり小さく見たりする方法ですか⁉」

「何？」

ナルソンがフィレクシアに振り向く。

「私も、水をそういう道具のような使いかたができないかなと思ってあれこれ試したことがあるのですよ。結局無理でしたが、アルカディアでは実用化していたのですね！」

「フィレクシアさん、残念ですけど、双眼鏡には水は使っていませんよ」

一良《かずら》が口を挟むと、フィレクシアは驚いた顔で一良《かずら》を見た。

「えっ、違うのですか？　なら、どういう仕組みなんです？」

「それはまあ……もっとフィレクシアさんと仲良くなってから、お教えするということで」

「むっ、仲良くですか。なら、私とお友達になってくれますか？」

「もちろんです。今度お茶でもしながら、親睦を深めましょう」

「はい！　えっと、あなたは確か……文官のカズラさん、ですよね？　改めて、これからよろしくお願いします！」

にこっと人懐っこい笑顔を向けるフィレクシアに、一良《かずら》も笑顔で「よろしくお願いします」と返す。

一良《かずら》はバレッタから、「あの2人と仲良くなっておいてください」と言われていた。

リーゼやナルソンたちとは違い、一文官と説明している一良《かずら》なら、2人も多少は気を張らずに済むのではとのことだった。

国や兵士たちのためにと身一つで人質になりに来た彼女らをできるだけ気遣ってあげたい、とバレッタは言っていた。

もちろん、会話のなかで何らかの情報を得られればとも言っていたのだが。

――バレッタさんらしいな……それにしても、この人、知識欲の塊だな。考えなしに飛び込んできたようにも思えるけど、目的は何なのだろうか。

「む、あれか」

双眼鏡をのぞいていたナルソンが、ぽつりと言う。

「なるほど、いい具合に進出してきているな。上手く誘導してくれたじゃないか」

ナルソンが左手を挙げる。

少し離れた場所で銅鑼の傍に立っていた兵士が、力強く銅鑼を叩いた。

防御戦闘用意、の合図だ。

陣地で座っていた兵士たちが一斉に立ち上がり、盾を構えて戦闘に備える。

陣地の通路を走り回っていた侍女と使用人たちが、大慌てで砦内へと駆け戻って行った。

フィレクシアが、はっとした様子で立ち上がり、戦場に目を向ける。

前回、遠投投石機が射撃を行った地点よりも、移動式の塔はだいぶ後方の地点を進んでいる。

「ナルソン様、あまり移動塔に接近させてしまうと、毒の攻撃が始まってしまうのですよ。目算であと……350から400を数えるくらいで、陣地の最前列に届く距離になるのです。その前に元老院軍団を攻撃してください」

「何？　それほどの射程があるのか？」

「あれに載っているのは、動力に動物の腱を用いた改良型投石機なのです。あまり重い物は飛ばせませんが、軽い物ならかなりの距離を飛ばせるのですよ。それに、高所からの射撃になるので、余計に飛距離があります」

「……そうか、分かった」

ナルソンがちらりとシルベストリアを見る。

彼女は頷き、そっとその場を離れて、無線機でバレッタに連絡を入れた。

ナルソンはそれを見届け、挙げていた手を前に振った。

攻撃開始を知らせる太鼓の音が、辺りに響き渡った。


時をさかのぼること数分、防壁のカノン砲部隊のところに来ていたリーゼは、双眼鏡で元老院軍団を捕捉していた。

隣にはバレッタ、マクレガー、ハベルがおり、ハベルはハンディカメラで元老院議員たちの姿を撮影している。

議員たちは豪奢な鎧を身に着けてラタに跨っており、それが数十人もまとまっているので一目瞭然だ。

見たところ、近くにカイレンやラースたちの姿は見えない。

「ど、どうしよう。まだお日様は昇ってないし、合図もまだ来ないよ……」

「戦に想定外は付きものです。リーゼ様の判断で、攻撃を行ってください」

「うん……」

マクレガーの意見に、リーゼが不安そうに頷く。

のっけから作戦通りにいかないとは、本当にツイていないと内心ため息をついた。

「さて、リーゼ様。初めての全軍指揮です。失敗は許されませんので、心してお願いいたしますぞ」

口元を緩めて軽い調子で言うマクレガーを、リーゼが睨む。

今回の戦闘では、リーゼが全軍の指揮を執るようにとナルソンに言われていた。

ティティスたちには無線機の存在をまだ知らせない方針のため、彼女らが傍にいる限りはナルソンは無線機が使えない。

彼女らを宿舎に閉じ込めておけばいい話ではあるのだが、「ちょうどいい機会だ」とナルソンがリーゼに指揮を執らせると言い出したのだ。

補佐として長年彼女の訓練教官を務めてきたマクレガーが付いており、判断がまずいと感じた時は彼が修正することになっている。

「ちょっと、あんまり脅さないでよね。ただでさえ緊張してるんだから」

「いやいや、脅してなどは。それに、リーゼ様なら間違いなく最善の指揮を執れます。自信をお持ちください」

「リーゼ様、ナルソン様から連絡です。敵の投射兵器の射程が想定よりかなり長いです。間もなく攻撃開始の太鼓が鳴ります」

ポケットから出した腕時計を見ながら無線でシルベストリアと話していたバレッタが、リーゼに言う。

「ええ⁉ それって、こっちのカタパルトより飛ばすってこと⁉」

「ねじりバネ方式らしいので、同程度はあるかもしれません。塔の上から投射する関係もあると思います」

「そんな、いきなり想定外じゃん……やっぱり、カズラに傍にいてもらえばよかっ――」

リーゼが言いかけた時、攻撃開始を知らせる太鼓の音が響いた。

リーゼが表情を引き締め、元老院軍団に目を向ける。

「カノン砲、砲撃用意。目標、元老院軍団中央部」

リーゼの声に、隣でじっと双眼鏡をのぞいていたバレッタが、片手で無線機の送信ボタンを押した。

すでにイヤホンマイクは装着済みだ。

「全砲、砲撃用意。現在無風。目標、元老院軍団軍団旗より北東15メートル地点。議員たちを直射します」

「こちらリーゼ。全軍、指示があるまで待機。カタパルト部隊は、毒ガス弾の射撃用意。騎兵隊は――」

バレッタがカノン砲部隊に指示を出している間にも、リーゼが前線に展開する軍団と、両翼にて待機する騎兵隊に指示を出す。

万が一敵軍が約束を守らずに毒ガス弾を撃ってきた場合に備えて、こちらもカタパルト部隊には毒ガス弾が配られている。

最悪の場合は、毒の乱打戦になるだろう。

カノン砲部隊の指揮の全権はバレッタに任せられており、射撃のタイミングも彼女が決めることになっていた。

バレッタが左右を見ると、カノン砲部隊が「射撃準備完了」を知らせる旗を挙げていた。

砲撃を行って即座に移動塔の前進が止まるわけではないので、敵が接近しきる前に攻撃を始める必要がある。

「リーゼ様、最短であと320秒ほどで、こちらの最前列が敵の射程圏内に入ります」

「さ、320秒って……」

リーゼが顔を青ざめさせる。

「リーゼ様。カノン砲で塔上部を狙うか、騎兵隊による火炎壺攻撃を進言いたします。後者の場合は、塔の進路を炎上させるのです」

マクレガーの意見に、リーゼは動揺した。

カノン砲で移動塔を攻撃すれば、カイレンから合図が来ても元老院議員を即座に攻撃できなくなる。

そうなれば、カイレンの指示と食い違い、彼が指揮権を奪えなくなるかもしれない。

だが、もしこのまま移動塔の接近を許せば、味方が毒に巻かれる可能性がある。

騎兵隊を使えば、敵の反撃を食らって大損害が出るだろう。

カノン砲を使うか、騎兵隊を使うか、危険を承知で合図を待つかの判断にリーゼは揺れた。

「……第1、第2騎兵隊に通達。火炎壺を用意して」

無線連絡をするリーゼに、バレッタが険しい表情になる。

敵の前面に騎兵を送れば、矢を受けてハチの巣になる可能性が高い。

だが、それをしない場合のリスクが大きすぎて、止めることもためらわれた。

「合図はまだ⁉　カイレンは何をしてるのよ！」

リーゼが焦った声で怒鳴る。

「敵射程圏内まで、残り280秒。これ以上接近させるわけには……あっ！　合図がありました！」

バレッタが叫ぶ。

元老院議員たちのいる少し後方から、チカッ、チカッ、チカッ、と1秒間隔で3度、微かにだが光が明滅した。

どうやら、松明の傍で鏡を動かして光を反射させているようだ。

「バレッタ、やって！」

「砲撃開始！」

リーゼの声に、バレッタが即座に指示を出す。

次の瞬間、どかん、と轟音が響いた。

一拍置いて、密集している元老院議員たちに鉄の塊が襲い掛かった。

バレッタののぞく双眼鏡のレンズの向こうで、砲弾の直撃を食らった議員の1人が、背後にいた2人の議員を巻き込んでラタごと千切れ飛ぶ。

その周囲でも2発が議員たちに直撃し、似たような惨状になっている。

至近での着弾に驚いたラタが大暴れし、落馬する議員が続出した。

外れた弾も地面を跳弾し、後方に続く兵士たちを吹き飛ばしていた。

「次弾装填。用意でき次第、同一地点を任意射撃してください」

バレッタが静かな口調で指示を出す。

——……こんなの、やっぱりカズラさんにやらせるわけにはいかない。ナルソン様のところに残ってもらってよかった。

想定外の長距離砲撃を受け、無事だった元老院議員たちは落馬していたり、暴れるラタを必死になだめようとしていたりと混乱している様子が見てとれる。

だが、他の軍団や塔は前進を続けている。

このまま前進を許せば、あと数分で敵のガス弾による攻撃が始まってしまう。

カイレンが早く撤退命令を出してくれればいいのだが、それまでにどれほどの時間がかかるのだろうか。

「リーゼ様。騎兵による火炎壺攻撃を進言いたします」

マクレガーの進言に、リーゼが頷く。

防御陣地の兵士を砦内にまで引き上げさせれば、とも思うが、それをするわけにはいかない。

それをしてしまうと、ガス弾使用の情報をこちらが得ていることが元老院議員やカイレン以外のバルベール軍軍団長たちにバレてしまう。

議員たちをカノン砲で狙い撃ちしている現状、怪しまれるような動きはするべきではない。

この後の作戦を考えれば、どうしてもカイレンに全軍を掌握《しょうあく》させる必要があった。

たとえわずかな可能性であっても、邪魔になる行動を取るわけにはいかないのだ。

「第1、第2騎兵隊に通達。接近中の敵移動塔へ突撃用意」

リーゼが額に脂汗を浮かべながら、静かに言う。

騎兵隊はすでに火炎壺の用意を済ませていたようで、すぐに「準備完了」の無線連絡が来た。

「……塔の進路上を炎上させ、反転せよ。突撃開始」

彼女が指示を出すと同時に、両翼に展開していた騎兵隊が一斉に駆け出した。

敵の大軍へと向かって砂埃を巻き上げながら駆けて行く味方の騎兵隊を、リーゼは歯を食いしばりながらじっと見つめる。

ぎゅっと握った両の手のひらに爪が食い込み、ぽたぽたと血が滴り落ちていた。

――カイレン将軍は何をしているの⁉

焦燥と怒りのこもった目で、混乱に陥る元老院軍団中央部へと目を移す。

その瞬間、左右の耳に、どかん、どかん、というカノン砲の砲撃音が連続して響いた。

負傷した元老院議員を助けようと駆け寄っていた1人の敵兵の頭にそのうちの1つが直撃し、パッと赤い霧が舞うのが一瞬見えた。

歓声を上げて突撃する騎兵隊の先頭が、ターボライターで火炎壺に着火している様子が目に入る。

それと同時に、バルベール軍前衛部隊の背後から、無数の矢が放たれた。

雨あられと飛来する矢の直撃を受けた騎兵たちが、もんどりうって転倒する。

矢をかいくぐった数騎の騎兵が、敵へと肉薄してその目の前に火炎壺を投げつけた。

ボン、と音を立てて地面が炎上し、その真ん前にいた敵兵たちが足を止める。

矢を受けて落馬した騎兵が、火炎壺が割れてしまい火達磨になる。

炎上したその場所に後続の数騎が突っ込みそうになり、慌てて進路を変えて隊形が乱れた。

すさまじい勢いで騎兵が矢の餌食になるなか、それをかいくぐった者たちが次々に火炎壺を投擲《とうてき》していく。

進路上のそこかしこが炎上したために、防御塔付近の敵軍が足を止める。

それとほぼ同時に、敵軍の後方で鏑矢の鋭い音が三度鳴り響いた。

「っ！　砲撃中止！　砲撃中止！」

リーゼの叫びを受け、バレッタがカノン砲部隊に指示を出す。

ほどなくして、敵軍全体の前進がぴたりと止まった。

バレッタが双眼鏡で敵軍を見る。

突然の後退命令に、驚いた様子の敵兵の顔がよく見えた。

再び、鏑矢の音が三度鳴り響く。

「……敵軍、後退を始めました」

動揺した様子ながらも後退を始める敵軍を見て、バレッタがぽつりと言う。

「……っ」

リーゼは無言で歯を食いしばり、うつむいた。

「う、上手くいった……のか？」

「そのようですな。さて、問題はこの後です」

陣地へと後退していく敵軍を見つめながら言う一良《かずら》に、ナルソンが答える。

ティティスとフィレクシアはほっとした様子で、去って行くバルベール軍に目を向けていた。

「バルベール軍が撤退するならよし。撤退しないなら、今度はこちらから総攻撃をかけます」

「大丈夫です。カイレン様は約束を守ります」

「そうなのですよ！　第一、今退いておいてまた後で攻撃なんてことになったら、司令部が軍団長たちに叩かれます！」

ティティスとフィレクシアが自信ありげに言う。

「そうなるといいのだがな」

ナルソンが近場の兵士を伝令に走らせ、戦闘態勢解除を全軍に知らせる。

防御陣地で待機している兵士たちは、突然のバルベール軍撤退に困惑している様子だ。

勝利の歓声を上げるでもなく、「なんだこりゃ」といった雰囲気でざわついている。

「後はカイレン将軍からの連絡待ちだな。殿下、戻りましょうか」

「いや、俺は怪我した騎兵たちのとこ行ってくる。ルティ、行くぞ」

「えっ、子供たちも連れて行くの？　さすがにそれは……」

ルティーナが困惑した様子で、子供たちを見る。

「前にも言っただろ。どんな人たちのおかげで自分が生活してられるのかは、ちゃんと知っとかなきゃダメだ。皆、こっち来い」

ルグロはそう言うと片膝をついてしゃがみ、子供たちに視線を合わせた。

「これから、国のために戦って怪我しちまった兵隊さんたちのとこへ行く。酷い怪我をしてる人もいるし、死にかけてる人だっているだろう。でも、泣いたり怖がったりするんじゃねえぞ」

「はい。分かりました」

「大丈夫です。私は泣いたりいたしません」

しっかりと頷くルルーナとロローナの頭を、ルグロがくしゃっと撫でる。

「よく言った。リーネ、ロン、お前らも姉ちゃんたちを見習って、ちゃんとしとけな?」

「はい!」

「分かりました!」

元気に頷く下の子2人に、ルグロがにっと笑う。

「おし。兵隊さんたちに会ったら、ちゃんとお礼を言うんだ。死にかけてる人には特にな。できそうなら、手を握って『ありがとう』って言ってやってくれ」

「「「「はい!」」」」

ルグロは立ち上がり、家族を連れて丘を下って行った。

一良《かずら》は自分も行こうかと考えたが、ティティスたちを放っておくわけにもいかないと考え直した。

「俺たちも戻りますか。ティティスさん、フィレクシアさん、行きましょう」

「はい」

「分かりました！」

元気になった2人とシルベストリア、セレットとともに、一良《かずら》も砦の門へと向かう。

そうして歩いていると、バレッタとリーゼが駆け寄って来た。

「カズラさん、お疲れ様です」

「カズラ、お疲れ」

「2人ともお疲れ。……リーゼ、どうした？　顔色が悪いぞ？」

疲れた顔をしているリーゼを、一良《かずら》が気遣う。

「ん、ちょっとね。それより、殿下ってどこにいるか知らない？」

「ルグロなら、家族と丘を下って行ったよ。怪我人に声をかけてくるって言ってた」

「そっか。私も行ってくる。カズラたちは、先に戻ってて」

リーゼがルグロたちを追い、丘を駆け下りて行く。

バレッタはそれを見送り、一良《かずら》に顔を向けた。

「私は治療院で怪我人の受け入れ準備を手伝おうと思います。カズラさんも来てくれませんか？」

「分かりました」

「シルベストリア様、ティティスさんたちを部屋に送ってあげてください」

「はいよ。お前たち、付いて――」

「私も一緒に行かせてください！ 治療院を一度見てみたいぎゃあっ⁉」

そう言って一良《かずら》の腕を掴もうとしたフィレクシアの右腕をシルベストリアが即座に掴み、すさまじい握力で握り締めた。

「次にふざけた真似をしてみろ！ 二度とこの腕を使えなくしてやるぞ！」

「ひぎいいい⁉ やめて！ 離してっ！ ぎゃあああ⁉」

「や、やめてくださっぐっ⁉」

驚いてシルベストリアに手を伸ばしたティティスが、セレットに腕を捻り上げられた。

「ちょ、ちょっと！」

一良《かずら》が慌ててシルベストリアの手を掴むと、彼女はぱっと手を離した。

腕を捻られているティティスは、痛みのあまりに声が出せない様子だ。

「セレットさんも離して！ 俺は大丈夫ですから！」

「はっ」

セレットがティティスを解放する。

フィレクシアは掴まれた右腕を摩《さす》りながら、ぶるぶると震えて泣きそうな顔になっていた。

「え、えっと……2人とも、大人しく部屋で待っていてください。フィレクシアさん、腕は大丈夫ですか？」

「ひっぐ……折れてるかもしれないです……」

「そんなわけあるか。ほら、付いて来い」

シルベストリアたちに連れられて、ティティスとフィレクシアは宿舎へと戻って行った。

「う、うーん……いくらなんでも、やりすぎな気が」

「今のはちょっとかわいそうでしたね……怪我をさせないように、後でシルベストリア様には言っておきますね」

去って行く彼女らの背を見送り、一良《かずら》とバレッタは治療院へと向かったのだった。

その日の夜。

治療院では、矢を受けた兵士や火傷を負った兵士たちの治療が続けられていた。

一良《かずら》とバレッタは食事もそこそこに治療の手伝いを続けており、リーゼとジルコニアもそれに加わっている。

幸いなことに火傷を負った兵士は少数で、ほとんどの怪我人が矢による負傷だ。

日本から持ち込んだ火傷用の軟膏や鎮痛剤、麻酔用の精油は在庫が潤沢にあるので、今のところ治療は順調である。

先ほどまではルグロたちもいたのだが、今は子供たちを風呂に入れるために宿舎へと戻っていた。

「はい、お粥です。食べられそうですか？」

落馬で両腕を骨折してしまった若い兵士に、リーゼがスプーンを口元に運ぶ。

重傷者のケアで忙しい看護人や医者に代わり、自分が彼の食事の介助をすると申し出たのだ。

「はい！　いただきます！」

「ああくそ！　俺も腕を折っておけばよかった！」

「リーゼ様に物を食わせてもらえるなら、俺こんな腕いらねえよ」

周囲のベッドに横たわる仲間たちから羨望の眼差しを受けながら、彼が口を開く。

リーゼがその口にスプーンを差し込んだ次の瞬間、彼は「ぶほっ！」とむせ返った。

「げほっ！　げほっ！」

「あっ⁉　ご、ごめんなさい！　大丈夫ですか⁉」

「す、すみません、粥が熱くて……ごほっ、ごほっ」

「うう、本当にごめんなさい。慣れていないもので……」

「いえ、大丈夫ですので」

その様子に、見ていた兵士たちは「ざまあみろ」とニヤつき顔になる。

だが次の瞬間、彼らは驚愕に目を見開いた。

「ふーっ、ふーっ……はい、これでどうでしょうか？」

「いいい、いただきます‼　ありがとうございますううう‼」

リーゼのまさかの行為に、それまでニヤついていた兵士たちは「どうして俺の腕は折れてないんだよ！」とか「何だよもおおお！」と悔しがっている。

リーゼはその様子にくすくすと笑いながら、食事介助を続けている。

「うわ、いいなぁ。やっぱり、リーゼ様って素敵ですよね……」

ベッドに腰掛けて一良《かずら》から右腕に薬を塗り直してもらっていた若い貴族兵が、羨ましげに言う。

「はは。ほんと、彼女は人気ですよね」

「そりゃあ、ものすごい美人ですし、私らみたいなのにも分け隔てなく優しいですし、憧れの的ですよ。あんな人を奥方に迎えられるカズラ様が羨ましいです」

「え？　いや、俺はそんなんじゃ……」

「またまた。今さら隠さなくてもいいじゃないですか。誰も彼もが噂してますよ？　いつ結婚の発表があるんだろうって」

「ええ……」

一良《かずら》は困った顔をしながらも、彼の腕に薬を塗り終えた。

ガーゼを当て、きつくならないように注意しながらテープで止める。

指先から二の腕まで、彼の腕はガーゼで真っ白だ。

「はい、できました。痛みは大丈夫ですか？」

「大丈夫です。ここに来た時は叫びたいくらいに痛かったのに、今は少しピリピリするだけですよ。精油と鎮痛剤でしたっけ？　本当にすごい薬ですね」

「腕はあまり動かさないでくださいね。頭はぼうっとしませんか？」

「少しふらつきますが、大丈夫です。あの……俺はまた、剣を持てるようになるでしょうか？　火傷って、皮が突っ張って動かせなくなるって聞いたことがあって」

「薬もいいものがあるし、そこまで酷い火傷じゃないから大丈夫ですよ。すぐに良くなりますから」

先ほど薬を塗りながら雑談をしたのだが、彼は貧しい下級貴族の出身で、家一番の出世頭らしい。

鐙《あぶみ》の登場で騎兵隊に増員募集があったので手を上げたところ採用の運びとなり、両親は大喜びだったそうだ。

そんな境遇《きょうぐう》ゆえ、もし自分が働けなくなったら、と心配でならなかったのだろう。

騎兵隊は警備兵や重装歩兵よりも、頭一つ分給金が高い。

その分訓練は厳しいし、実戦では危険な戦闘に駆り出されることが多いのだが。

「それにしても、よくあの状況で袖を引き千切れた……というか、普通は引き千切るなんて無理じゃないですか？」

彼は騎兵隊として敵陣へと突撃した際、火炎壺を投擲する直前に敵の矢が壺を直撃し、右腕全体が炎に包まれてしまった。

その時の彼は手袋をすぐさま外したうえに、袖を引き千切って投げ捨てるという離れ業をやってのけたのだ。

手袋だけならともかく、分厚い鎧下《よろいした》の袖を力任せに引き千切るとは、にわかには信じられない話だ。

「いやぁ、あの時は死ぬかと思って……無我夢中で叫びながら引っ張ったら、バリッて肩口から裂けたんですよね」

「火事場のバカ力ってやつですかね……そのせいで、左手の指が3本も折れてるんじゃないですか？」

彼の左手は親指、人差し指、中指の3本がぽっきりと折れてしまっており、今は包帯でぐるぐる巻きにされている。

その時は右腕が燃えたことで頭がいっぱいで、帰還後に仲間から「左手がえらいことになってるぞ」と指摘されて初めて気づいたらしい。

折れた指で手綱を掴んでラタを操っていたというのだから、痛みを感じていなかったことが不思議でならなかった。

そのうえ右足のふくらはぎにも矢が突き刺さっていて、ラタから降りて歩いている時に「それ平気なのか？」と言われてようやく気づき、絶叫しながらその場で転げ回ったとのことだ。

「はは。かもしれませんね。でもまあ、そのおかげで火傷が軽く済んだんですから、儲けものですよ」

明るく笑う彼に、一良《かずら》も頬が緩む。

「本当に、よく頑張ってくれましたね。今は治療に専念して、早く良くなってください。食事もいいものが出ますから、毎食しっかり食べてくださいね」

「はい！　ありがとうございます！」

そうして一良《かずら》がイスから立ち上がった時、ナルソンが建屋に入って来た。

皆が慌てて姿勢を正そうとするのを、「そのままでいい」と片手を上げて制する。

「カズラ殿、お話が……ジル、リーゼ、バレッタも来てくれ」

ナルソンに呼ばれ、皆が集まる。

「皆に聞いてもらいたいことがあってな。場所を変えよう」

奥の薬品置き場へと向かうナルソンに、一良《かずら》たちは「なんだろう？」と顔を見合わせながら後を追った。

最後に部屋に入ったバレッタが、扉を閉める。

ナルソンは皆に振り向いた。

「バレッタ、治療は順調か？」

「はい。2人だけ重度の火傷を負っている人がいますが、今は落ち着いています。矢傷を負った人たちは、全員お医者様が適切に処置してくださいました」

「そうか。医者たちだけでも診れそうか？」

「大丈夫かと。今後の看護のしかたは伝えてありますので」

「ナルソン、話って？　何か問題でも起こった？」

ジルコニアがナルソンを急かす。

バルベール軍がまた妙な動きを見せたのでは、と気が気ではないのだ。

「それがな……私の下に書状が届いたんだ」

ナルソンが困惑した様子で言う。

「書状？　カイレンから？」

「それも来たが、もう1つ届いてな。つい先ほどグレゴリアの港に漁船で届けられたと、無線で連絡があったんだ」

「グレゴリア？　あっちに張り付いてるバルベール軍が送りつけてきたの？」

「いいや。バルベール北方の蛮族からだ」

「は？　蛮族から？」

「うむ」

怪訝な顔をするジルコニアに、ナルソンが頷く。

そして、驚くべき言葉を口にした。

「書状の最後に、蛮族の族長たちと……アロンドの署名があった」

陣地へと後退したバルベール軍司令部は、騒然とした雰囲気になっていた。

さあ今度こそ砦を落とすぞ、と全軍が意気込んでいたところに突然の後退命令が出たのだから無理もないのだが、問題はその後退理由にあった。

「議員の半数が戦死とは……」

天幕の司令部内で、イスに腰掛けている壮年の軍団長の1人が呻くように言う。

この場にはすべての軍団長が集められており、全員が悲痛な表情に沈んでいた。

「しかも、ヴォラス執政官までやられてしまうとはな……」

「遺体がバラバラだったんだろう？　何という威力と射程の兵器なんだ」

ヴォラスはカノン砲の初撃で直撃弾を食らい、頭と手足が千切れ飛ぶという悲惨な死を迎えていた。

死体は集められて天幕の外に置かれており、この場にいる皆がその亡骸を目にしていた。

その他にも多数の議員が砲弾の犠牲になっており、残る議員は元の半分ほどになってしまっている。

「これは由々しき事態です。議員の被害もそうですが、もしまた同様のことが起これば、今度は議員だけでなく、軍団長も同じような目に遭うかもしれません」

カイレンの隣に座る執政官のエイヴァーが、険しい表情で言う。

全軍後退の命令を出したのは彼だ。

カイレンはカノン砲で議員たちを狙撃させる作戦をエイヴァーには伝えておらず、彼も砲撃の混乱の最中に暗殺するつもりだった。

だが、彼を守ろうと集まった護衛兵があまりにも多く、命を受けたカイレンの兵は近づくことすら叶わなかったのだ。

作戦自体がかなり粗削りだったので、これればかりは仕方がない。

むしろ、ヴォラスが砲弾の犠牲になってくれただけでも、カイレンにしてみれば僥倖だった。

ヴォラスに近い議員の何人かは暗殺に成功し、今のところバレてはいないようである。

「しかし、敵軍の射撃はあの後ピタリと止まったのはなぜだ？　あのまま撃ち続けていれば、もっと多くの被害が出ていたと思うのだが」

1人の軍団長の意見に、他の軍団長や議員たちも「確かに」と頷く。

「それはおそらく、あれの射撃に用いる薬剤に限りがあるからではないでしょうか？」

口を開いたカイレンに、皆の視線が集まる。

「前回夜間攻撃をかけた際は、敵はこれでもかというほどに撃ちまくってきました。しかし、今回は数えるほどしか撃ってきていません。おそらく、残りの薬剤が底をつき始めているのか

りません」

「私も同意見です。そうでなければ、後退する我らに追い打ちをかけてこなかった理由が分かりません」

「ま、そんなところだろうな。普通に考えりゃ、投石機とか移動塔くらい破壊しようと思うだろうし。あっちもギリギリなんじゃねえか？」

ラッカとラースがカイレンの意見に賛同する。

もっともらしい彼らの言葉に、他の者たちは「確かにそうかも」と頷いた。

「それよりも、空席ができてしまった執政官を新たに決めねばなりません」

エイヴァーが皆を見渡す。

「私はカイレン軍団長を推します。彼は北方の蛮族との戦いで優れた戦果を挙げているし、何より市民から絶大な人気があります。彼以外に適任はいないかと思いますが」

「い、いや、軍団長から執政官になど、慣例無視ではないか」

「そのとおりだ。それに、今までの司令部でのやり取りを把握している、我ら元老院議員のなかから任命したほうが、今後の作戦遂行上も円滑にいくではないか」

ヴォラス派の議員たちが、慌てて声を上げる。

彼らからしてみればカイレンは排除すべき対象であり、これ以上権力を持たせるなど言語道断なのだ。

「いいえ。今必要なのは、指揮官としての実力があり、市民からの信頼が厚い人物です」

エイヴァーがぴしゃりと言い切る。

「敵の射撃兵器の薬剤が底を尽きかけているとしても、他の兵器は健在です。このままでは、いつになったら砦を落とせるか分かりません。それに、敵と『アレ』の乱打戦になれば、こちらもかなりの被害が出るでしょう。北方の蛮族を防ぐことはおろか、アルカディア国内への侵攻もままなりません」

エイヴァーが一息に言うと、議員たちの表情がさっと青ざめた。

軍団長たちは、怪訝な表情で彼を見ている。

「ここは不本意ではありますが、いったん退いて蛮族を完全に抑えるべきかと思います。このままアルカディアに戦力を釘付けにされていては――」

「ちょっと待ってくれ、エイヴァー執政官。『アレ』の乱打戦とは、いったい何の話――」

「わ、分かった！　エイヴァー執政官の言うとおりだ！」

話に割り込んで質問する軍団長の言葉を、議員の一人がさえぎる。

自軍による毒の兵器の使用と、それに伴うアルカディア軍からの反撃の予想は、他の軍団長たちは知らされていない。

この場の者で知っているのは、カイレン、ラッカ、ラース、エイヴァー、それに元老院議員たちだけである。

毒の兵器の不使用協定について、カイレンは議員たちに報告している。

だが、議員たちは、協定についても、それを破って密かに量産していた毒の兵器を使おうとしていることも、カイレンはもとより、他の軍団長たちにも言っていない。

もしこの場でそれをエイヴァーがバラせば、議員たちは軍団長たちから「兵士の命を何だと思っているんだ！」と責め立てられるだろう。

「決まりですね。カイレン将軍。執政官権限により、貴殿を臨時執政官に任命します」

「承知しました。謹んで、お受けいたします」

カイレンが頭を下げると、エイヴァーはパチパチと拍手を始めた。

他の者たちも、一斉に拍手でカイレンの執政官任官を祝う。

エイヴァーは拍手をしながら、そっとカイレンに顔を近づけた。

「私を殺さなくてよかったですね。カイレン執政官殿」

「っ⁉」

驚いた目を向けるカイレンに、エイヴァーは不敵に微笑んだ。

番外編　砦であった怖い話

からっと晴れた昼下がり。

砦の広場では、上半身裸のルグロが、剣を手に4人の兵士たちに囲まれていた。

ガンガンという鋭い金属音を響かせて、代わる代わる突き出される剣を受け、いなし、打ち払う。

流れるような彼の動きを、一良《かずら》とバレッタは少し離れた場所で洗濯物を干しながら目で追っていた。

「かっこいいなぁ。ルグロって、剣術が上手ですよね」

「ですね。私もお相手していただいたことがありますけど、すごく太刀筋が綺麗なんです」

「えっ、バレッタさんが？」

驚く一良《かずら》に、バレッタが微笑む。

「ええ。リーゼ様も殿下のお相手をしたことがありますよ。まさに教科書どおりっていうか、真剣を使っていても安心して手合わせできる感じで」

「ふーん……剣術って、難しいですか？」

「難しいです。私はアイザックさんとシルベストリア様に基礎を教えてもらったんですけど、初めのうちは怒られてばかりで……頭じゃなくて体で覚えないといけないので、大変でした」

「そうなんですか……いいなぁ、俺もちょっとやってみたいな。バレッタさん、教えてくれませんか？」

「えっ⁉」

驚いた声を上げるバレッタに、一良《かずら》がきょとんとした顔になる。

「ん？　俺、変なこと言いました？」

「い、いえ……あの、失礼な言いかたになっちゃいますけど……カズラさんには、剣は向いていないように思えて」

「向いてない、ですか。まあ、刃物なんて包丁とか彫刻刀くらいしか持ったことないしなぁ。興味本位でやるのは危ないですかね？」

「はい。慣れないと腕の筋を痛めたりしますし、お試しでちょこっと、というのはあんまりお勧めできないかなって」

バレッタとしては、たとえ訓練だとしても一良《かずら》に向かって剣を向ける真似はしたくない。一良《かずら》に剣先を向けられるのも絶対に嫌で、真剣でも持とうものなら夢に見てしまいそうだ。

それに、下手に剣を学んで、何かあった時に相手に立ち向かうようなことがあっては大変だ。何かあったら即座に逃げるのが一番であり、危機回避という点においては至高だとバレッタは考えていた。

「カズラ様！　バレッタさん！」

「お昼ご飯のパンの仕込みを済ませてきました！」

2人が話していると、ルルーナとロローナが駆け寄って来た。

手には木剣を持っており、服装も運動用の身軽なもので、胸当てを付けている。

「おっ、来ましたね。相手してあげてください」

「はい。行ってきますね」

バレッタが傍に置いておいた木剣を拾い、彼女たちの下へと向かう。

砦で生活している間、バレッタは時折ルグロの子供たちに勉強を教えたり、剣の指導をしたりしていた。

これはルグロに、「優しい姉ちゃんに教えてもらったほうが2人も楽しいだろう」と頼まれたからだ。

その言葉のとおり、子供たちはバレッタによく懐いており、今では大の仲良しとなっていた。

「リーネ様とロン様は来られないのですか？」

「2人なら、あそこにいますよ」

「ティタニア様と遊ぶ約束をしていたみたいです」

彼女らの視線を追うと、木陰で寝そべるウリボウ姿のティタニアに、リーネとロンが纏わりついていた。

傍にはオルマシオールもおり、別の子供たちに纏わりつかれながら、あっちへうろうろ、こっちへうろうろと歩き回っている。

背中に乗っかられたり腹の下にしがみつかれたりと好き勝手やられているが、迷惑がっているふうでもなく楽しんでいる様子だ。

傍にはルティーナもおり、はらはらした様子で数人の侍女と一緒に子供たちを見守っていた。

「分かりました。では、早速始めましょうか。今日はロローナ様からにしましょう」

「はい！」

ロローナがバレッタの前に立ち、「よろしくお願いします！」と元気良く頭を下げる。

バレッタも同じように頭を下げ、互いに剣先を相手に向けた。

「それでは、昨日と同じようにやってみましょう。リズムよく、足さばきに注意してくださいね」

「はい！」

バレッタがすっと剣を突き出し、ロローナがそれを打ち払う。

次にロローナが同じようにバレッタに剣を突き出し、バレッタがそれを打ち払った。

カンカン、と木剣のぶつかる音がリズミカルに響き、２人は円を描くように足を運ぶ。

「おお、綺麗な動きだなぁ。子供なのに、ほんとすごいや」

洗練された彼女らの動きに、一良《かずら》は洗濯物を縄《なわ》にかけながら感心した声を漏らした。

2人は王都で剣術訓練を受けていたとのことで、その動きは熟練している。

まだ8歳という若さながら、かなりの腕前だ。

「カズラ様、私にもお手伝いさせてください」

ルルーナが一良《かずら》に駆け寄って見上げる。

「おっ、ありがとうございます。お願いしますね」

一良《かずら》が笑顔で頷き、2人で物干し作業を続けた。

手伝うとはいっても彼女の身長では洗濯物を縄に掛けられないので、一良《かずら》が彼女を抱きかかえて縄に掛けてもらう、というお手伝い形式だ。

「カズラ様、また何かお話を聞かせてくださいませんか？」

一良《かずら》に脇の下を掴まれて持ち上げられながら、ルルーナが言う。

片方が剣の訓練をしている間、一良《かずら》は残ったほうにいろいろな話をしていた。

童話や昔話を主に聞かせてきたのだが、今日は少し変わった趣向を凝らしてみようと考えていた。

「ええ、いいですよ。面白い話と怖い話を1つずつ用意してきたんですけど、どちらがいいですか？」

「怖い話というのは、どういうお話なのですか？」

洗濯縄にタオルをかけて洗濯バサミで留めながら、ルルーナが興味深げに聞く。

「ふふふ。それは聞いてからのお楽しみです」

「そうですか……では、怖い話でお願いします！」

「分かりました。これは、実際にあった話なのですが――」

一良《かずら》が声のトーンを落とし、話を始める。

「とある雪山で、5人の男が登山をしていました。彼らはその日のうちに下山する予定だったのですが、運悪く猛吹雪に見舞われてしまったんです」

ふむふむ、と話に耳を傾けながら、ルルーナは物干し作業を続ける。

1つ干しては下ろしてもらい、また洗濯物を1つ取って持ち上げてもらうという、スローな作業だ。

「激しい吹雪で道を見失ってしまい、辺りはだんだんと暗くなっていきます。そんななか、1人が運悪く足を滑らせて、斜面を転げ落ちてしまいました。残りの4人は慌てて彼の下へ向かいましたが、彼は足の骨を折ってしまっていたんです。4人はどうにかして彼を連れていこうとしたのですが、吹雪の中、それも道を見失っている状態で人を1人運ぶというのは、とても無理なことでした」

「……もしかして、見捨てることにしたのですか？」

一良《かずら》に抱えられているルルーナが、不安そうな顔で一良《かずら》を見る。

「そうです。このまま吹雪の中で立ち往生していたら、全員が凍え死んでしまいます。彼らは仕方なく、まだ息のある彼を雪の中に置き去りにすることにしたんです」

ルルーナが息をのむ。

話の続きが気になりすぎて、手が止まってしまっていた。

「ルルーナさん、洗濯バサミを付けないと」

「あっ、ごめんなさい！」

ルルーナが慌てて洗濯バサミを付け、一良《かずら》は彼女を下ろした。

ルルーナが洗濯カゴから濡れているシャツを手に取る。

「去って行く4人の背後からは、置き去りにされた男の叫び声が響きます。最初は『置いて行かないでくれ』という懇願《こんがん》でしたが、やがてそれは恐ろしい恨み言へと変わっていきました」

「おいおい、今日はずいぶんとおっかない話してんだな」

その声に一良《かずら》が振り返ると、汗だくのルグロと、訓練に付き合わされていた4人の兵士が立っていた。

「あ、ルグロ。お疲れ様」

「おう、お疲れさん。んで、その続きは？」

「あ、あの、カズラさん。あんまり怖い話だと、ルルーナ様もロローナ様も、夜眠れなくなってしまうかも……」

いつの間にか訓練の手を止めていたバレッタが、おずおずと言う。

どうやら、彼女たちにも話が聞こえていたようだ。

「あ、それもそうですね……すみません。やっぱり面白い話のほうがよかったですね」

「えっ、そんな！　最後まで聞かせていただきたいです！」

「私も気になります！　続きが気になって眠れなくなってしまいます！」

せっつくルルーナとロローナに同意するように、4人の兵士たちもこくこくと頷く。

「え、皆して聞いてたんですか？」

「いやぁ、カズラ様のお話が毎回面白くて、いつもこっそり聞いてるんですよ」

「これが楽しみで、殿下の訓練に付き合ってるようなものでして」

笑いながら言う兵士たちに、ルグロが「お前らなぁ」と苦笑する。

何ともフランクな間柄のようだ。

「カズラ、その話って、眠れなくなるほど怖いのか？」

「んー、そこまで怖くはないような気もするんだけど……まあ、人によるかな？」

「ふーん。なら、先に俺が話を聞いて、大丈夫そうなら後でルルーナとロローナにも俺から話して聞かせるってのはどうかな？」

「えっ！　そ、そんな！」

「お父様、ずるいです！」

不満の声を上げる2人を、ルグロが「まあまあ」となだめる。

「眠れなくなっちまったら、俺がお母さんに怒られちゃうからさ。我慢してくれよ」

「うー……分かりました」

「仕方がないのです……」

　2人がしゅんとした様子で頷く。

「それじゃあ、洗濯物を干し終わったら、あっちで話そっか」

「おう。お前らも手伝ってくれ。ぱぱっとやっちまおうぜ」

「ルルーナ様。訓練が終わったら、ロローナ様と手合わせをしてみましょうか」

　そうして、一良《かずら》とルグロたちは洗濯物を干し、バレッタとルルーナたちは訓練を続けたのだった。


　その日の夜。

　一良《かずら》、バレッタ、リーゼ、ジルコニアの4人は、ひっそりと静まり返った納骨堂の中央で、1本のロウソクを囲んで座っていた。

　昼間、一良《かずら》はルグロと兵士たちに件の怪談を話して聞かせたのだが、ルルーナたちの相手をしていて聞きそこねたバレッタが、「私も聞きたいです」と一良《かずら》にせがんだのだ。

　一良《かずら》はそれならばと、リーゼとジルコニアも呼び出して、雰囲気抜群な納骨堂にやって来たのだった。

ジルコニアは当初「バカバカしい」と乗り気ではなかったのだが、リーゼが「怖いんですか？」と聞くと「こここ、怖いわけないでしょ⁉」と安い挑発に乗ってしまい、怪談に参加することになったのだった。

闇夜の森や矢の飛び交う戦場はものともしないくせに、怪談話は怖いようだ。

「――そうして、運よく山小屋に避難した4人だったが、小屋の中は空っぽで暖炉《だんろ》は使えず、真っ暗で互いの顔を見ることすらかなわない。疲労も限界で、座り込んだらすぐに眠ってしまいそうだ」

ぼんやりとした灯りで顔を照らした一良《かずら》が、低い声色で話を紡いでいる。

他の3人は真剣な表情で、じっと話に耳を傾けている。

「このまま眠ってしまえば、朝になる前に凍え死んでしまうだろう。どうすればいいかと皆で頭を捻った末、1人がこんな提案をした。『まず、部屋の四隅に1人ずつ立つ。最初の1人が壁沿いに角まで走り、角にいる2人目の肩を叩くのだ。肩を叩かれた2人目は、次の角へ走って3人目の肩を叩く。これを繰り返せば、朝まで眠ることなく起きていられるだろう』、と」

「なるほど、頭いいわね」

「動き回っていれば、眠気も取れるし体も温まるってわけね」

ジルコニアとリーゼが、感心したように言う。

バレッタは「ん？」という顔をしていたが、口を挟むような真似はしない。

一良《かずら》はニヤリと口元を歪め、続きを口にした。

「作戦は上手くいき、4人は朝までぐるぐると小屋の中を回り続けて眠らずに済んだ。壁の隙間から漏れる朝日に、4人はほっとして小屋の扉を開いた。すると……」

タメを作る一良《かずら》に、全員が生唾を飲み込む。

「昨日置き去りにしてきたはずの男の凍《こお》った死体が、扉のすぐ外に立っていた。彼は真っ白に凍った目で4人を見つめ、凍り付いた口をバキバキと音を立てながら開き、『さあ、俺も連れて帰ってくれ』と言ったのだった」

一良《かずら》が話し終わると、ジルコニアとリーゼが「おお」と声を漏らした。

「すごいじゃない。その人、自力で山小屋までたどり着いたのね」

「えっ⁉ お母様、違いますよ。その人は凍え死んでいて、生き残った4人の前に現れたっていうのが怖いところじゃないですか」

「えっ？ そうなの？」

的外れな感想を言う2人に、一良《かずら》が苦笑する。

山小屋に避難する前に1人を置き去りにするという流れと、最後に死体が小屋の前に立っているというのは、一良《かずら》がもっと怖くしようとアレンジしたものだ。

実際に日本で有名な怪談には、存在しない展開だ。

下手に弄った結果、話が分かりづらくなってしまったなと、一良《かずら》は内心反省した。

「ジルコニア様、リーゼ様、違いますよ。怖いところは、4人が朝まで生き残れたことです」

バレッタが2人に指摘する。

ジルコニアとリーゼは、頭にはてなマークを浮かべていた。

「いいですか？　部屋の隅に4人ということは、最初の1人が次の角へ走った時点で、そこは無人になるんです。これでは、朝まで回り続けることはできません」

「「あっ！」」

ようやく恐怖ポイントに気づいた2人が、はっとして声を上げた。

「じゃ、じゃあ、空いた場所には、置き去りにしてきた人がいつの間にか加わってたってこと？」

恐る恐る聞くジルコニアに、一良《かずら》が頷く。

「そういうことです。それで、朝になって外に出たら、『さあ、俺も連れて帰ってくれ』と言ったってことですね。置き去りにされた時は恨み言を言っていたけど、結局は仲間を助けてくれたっていうハートフルストーリーなわけです」

さて、と一良《かずら》が立ち上がる。

「せっかくですし、俺たちも彼らを真似てみませんか？」

「真似て……？　な、何をバカなこと言ってるんですか!?　バカなんじゃないですか!?」

一瞬いぶかしんだ顔をしたジルコニアだったが、すぐに血相を変えて一良《かずら》に怒鳴った。

「そんなことして、本当に5人目が湧いて出てきたらどうするんですかっ！」

「いやいや、別にここは雪山じゃないですし、置き去りにした死体なんてないじゃないですか」

「そ、それはそうですけど……」

「楽しそう！　お母様、やってみましょうよ！」

うきうきした表情で言うリーゼに、ジルコニアがぎょっとして目を向ける。

「リーゼまで何を言ってるの!?　バカなんじゃないの!?」

「お母様、怖いんですか？」

「こ、こ、怖くなんてないわよ！　バカ言わないでよ！」

よほど怖いのか、バカを連呼するジルコニア。

それに対してリーゼは、楽しくてたまらないといった表情だ。

「なら、やってもいいですよね？　怖くないんでしょう？」

ニヤニヤしながら言うリーゼに、ジルコニアは苦虫を嚙み潰したような表情で頷いた。

「それじゃあ、1人ずつ部屋の角に連れて行きますね」

一良《かずら》はそう言ってロウソクを持つと、3人を引き連れて部屋の角へと向かった。

最初の角に到着し、まずバレッタがその場に残る。

そのまま次の角へ移動し、3人は立ち止まった。

バレッタの方を振り返ってみると、そこは完全に真っ暗で何も見えない、奈落のような真の闇が広がっていた。

「それじゃあ、ジル――」

「リーゼ！　あなたはここね！」

「あ、はい。ふふ」

ジルコニアに名指しされ、リーゼが壁を背にして立つ。

あからさまに怯えているジルコニアが面白いのか、ずっとニヤニヤしていた。

暗闇は正直苦手だが、怯え切った母の姿が見れるのが楽しくてたまらない。

「ジルコニアさん、行きましょう」

「は、はい」

てくてくと壁沿いを進み、角へと向かう。

一良《かずら》の持っているロウソクの灯りがゆらゆらと揺れ、幽鬼のようなおぼろげな影を床に映し出していた。

「では、ジルコニアさんはここ――」

「わ、私が最後の角に行きますから！」

そう言って、一良《かずら》のロウソクにジルコニアが手を伸ばす。

「えっ、大丈夫ですか？　1人で角まで行って、ロウソクの火を消せますか？」

「……」

そう言われ、ジルコニアの伸びた手がピタリと止まった。

次の行き先となる角へと目を向けると、無限に続くかのような闇が広がっていた。

いくら灯りがあったとしても、1人で次の角まで進むのは正直なところ怖すぎる。

殺人鬼や敵兵がうろついているというのならまったく怖くないが、相手が幽霊や妖怪の類となると怖いどころの話ではないのだ。

「……ここに残ります」

「分かりました。では、また後で」

ジルコニアをその場に残し、一良《かずら》は最後の角へと向かった。

石造りの納骨堂内は声がよく響くため、そのやり取りが聞こえたらしいリーゼとバレッタがくすくすと笑う声が微かに聞こえて来た。

そうして角にたどり着き、一良《かずら》は壁を背にした。

「火を消します」

ふっとロウソクに息を吹きかけ、唯一の灯りが消える。

鼻をつままれても分からないような真っ暗闇に、4人は包まれた。

「誰から行く？　カズラからかな？」

闇の中から、リーゼの声が響く。

一良《かずら》から進んだ場合、誰もいない空間にたどり着くことになるのはジルコニアだ。

「いや、角に留まった順番通りにしようか。バレッタさんから、進んでもらえます？　角に行ったら、そこにいる人の肩を叩くんです。せっかくなんで、無言でやってみましょうか」

「分かりました」

「ねえ、本当に何も見えないんだけど、肩以外を叩いちゃってもいい？」

リーゼの声が対角線上から一良《かずら》に投げかけられる。

「ああ。どこでもいいから、触れればいいよ。全員、向かってくる相手に背を向けるようにして立っておこうか。そのほうが怖さが増すし」

「はーい」

「ふふ。じゃあ、始めますね」

石の床を靴が叩く音が微かに響き、移動していく。

やがて角にたどり着いたのか、歩く音がいったん止まり、再び動き出した。

十秒ほど置いて、ジルコニアの「ひっ」という声が響く。

「ぶふっ！」

「ちょっ、笑わないでよ！」

ジルコニアの怒る声が響き、足音が近づいてきた。

一良《かずら》の背中の真ん中あたりに、つん、と指先が触れる。

一良《かずら》はてくてくと、先ほどまでバレッタがいた場所へと歩き出した。

――たまには、バレッタさんを脅かしてみようか。

まさか自分が驚かされるとは思っていないだろうと、一良《かずら》はワクワクしながら歩を進める。

ドン！

壁に手をつきながら歩いていた一良《かずら》は、足と腹に衝撃を受けて立ち止まった。

明らかに人の感触だ。

すると、たたっ、と足音が離れて行った。

――うお、マジか。バレッタさんが驚かそうとしてくるとは思わなかった。

これはしてやられたと、一良《かずら》は苦笑しながらその場で待機する。

しばらくして、また背後から足音が近づいてきて、恐る恐るといった様子で背中をちょんと突いてきた。

ジルコニアはリレーが続いていることに恐怖しているのか、「何なのよもう……」というつぶやきが聞こえた。

一良《かずら》は再び歩き、今度は手を前に差し出しながら角へと進んだ。

さらりとした髪の感触が手に触れ、たたっ、と足音が遠ざかって行く。

歩いては触れられるのを待つ、ということを3度ほど繰り返し、一良《かずら》の伸ばした手が再び髪に触れた。

たたっ、と足音が遠ざかって行く。

「カズラさん、いつまで続けますか？」

その時、足音が向かうそのさらに先から、バレッタの声が響いた。

一良《かずら》が髪に触れてから、２秒ほどしか経っていない。

「え⁉」

「カズラさん⁉　どうしましたっ⁉」

駆け寄って来る音が響き、バレッタが一良《かずら》の下へとたどり着く。

暗すぎて一良《かずら》には何も見えないのだが、バレッタには見えているようで、一良《かずら》の腕と顔をぺたぺたと触っている。

「カズラさん、何かありましたか？　転んじゃったとか？」

「あ、いや……」

「なになに？　どうしたの？」

「で、出たんですか⁉　というか、さっきからずっと出てますよね⁉」

２つの角から、リーゼとジルコニアの声が響く。

一良《かずら》はライターを取り出し、火を点けた。

ぼうっとした炎の灯りが、心配そうにしているバレッタの顔を闇の中に浮き上がらせる。

リーゼとジルコニアも、灯りを目掛けて駆け寄って来た。

「カズラ、どうしたの？」

「いや……バレッタさん、俺のこと脅かそうとしてましたよね？」

「え⁉ い、いえ、私は何も……というより、カズラさんが私を脅かそうとしてたじゃないですか」

「なん……だと……」

困り顔で言うバレッタに、一良《かずら》が愕然とした顔になる。

思い返してみれば、自分が触れた髪の感触は、バレッタと違っていた。

彼女は髪を後ろで1つに結んでいるが、触れた感触は長く下ろしたものだった気がする。

「ああ、やっぱりそうだ……オーラン、ごめんなさい。本当は置き去りになんてしたくなかったのに……」

ジルコニアが頭を抱えて呻く。

「オーラン？ 誰ですかそれ？」

「11年前に、私がバルベール軍の軍団要塞に侵入した時の作戦で――」

ジルコニアが言いかけた時、部屋の中央あたりから、ガラン！ と金属音が響き渡った。

全員が同時に「ひいっ⁉」と悲鳴を上げる。

「な、な、何がいるんだ？ 本当に出たのか？」

「カズラ、確認しようよ。正体を暴かないと」

リーゼの提案に、バレッタとジルコニアがぎょっとした顔になる。

「だ、ダメですよっ！　とりあえず外に出ましょう！　危険です！」

「そうよ！　私は出るわよ！　出るったら出るから！」

一目散に出口へと駆け出すジルコニア。

すると、ガッッと床のでこぼこにつまずいて、その場でべしゃっと転倒した。

それと同時に、天井あたりから、バンバン！　と激しく何かを打ち付ける音が響き出した。

「うおおっ⁉　こりゃダメだ！　逃げよう！」

「カズラさん！　私に掴まってください！」

「ま、待って！　置いてかないでよ！」

3人が走り出し、床に倒れて泣きべそをかいているジルコニアを抱え起こす。

その間にも、天井からの音はさらに激しさを増して響き続けている。

「ううう、オーラン、ごめんなさい。私が悪かったから……」

「お母様！　立ってください！」

そうして、3人はジルコニアを抱えるようにして納骨堂を脱出した。

その後で一良《かずら》はジルコニアに「オーランは長髪だったのか」と聞いたところ、短髪の男だったと答えたため、幽霊はオーランではないという結論に至ったのだった。

一良《かずら》たちが納骨堂の外で幽霊の正体についてあれこれ推察している頃。

砦内のとある兵舎では、一良《かずら》たちと同じように、ルグロの訓練の相手をしていた4人の兵士たちが、部屋の四隅をぐるぐると回るリレーを行っていた。

せっかく面白い話を聞いたのだから試してみようと、遊んでいたのだ。

「おい！　いい加減ふざけるのやめろよな！」

真っ暗闇のなか、背中を触れられた兵士が振り返り、その相手を掴もうと手を伸ばす。

しかし彼の手は宙を切り、何も触れることはなかった。

「ふざけてないって！　俺はここにいるぞ！」

「俺もだ！」

「俺もここにいる！」

次々に投げかけられる声に、その兵士は青ざめた。

「じゃ、じゃあ、誰が俺の背中を——」

バン！　と壁が叩かれる音が響き、兵士たちが「ひっ！」と息をのむ。

そしてさらに、今度は屋根をバンバンと激しく叩く音が響き渡った。

兵士たちは絶叫し、真っ暗闇の中、我先にと出口へ殺到した。


翌朝。

宿舎の食堂では、目の下にクマを作ったルグロ一家と一良《かずら》たちが、死んだ魚のような目で席に着いていた。

子供たちは寝不足のせいか、眠そうにしていて頭がふらついている。

ウリボウの姿のティタニアとオルマシオールも壁際におり、食事の配膳を待っていた。

マリーと数人の侍女がカートを押して入って来て、料理を並べ始める。

「み、皆、どうしたんだ？　酷い顔をしているが……」

ナルソンが皆を見渡し、心配そうに言う。

「それがさ、昨日の夜に、カズラから聞いた話の、真っ暗な部屋で四隅に立ってぐるぐる回るやつをやってみたんだよ……」

疲れた顔で話すルグロに、リーゼが驚いた顔になる。

「殿下もやったんですか？」

「ああ。面白そうだからって、子供らが乗り気になっちまってさ。まさか本当に出るとはな……」

ナルソンが小首を傾げる。

「ええと……出たというのは？」

「幽霊だよ」

「えっ」

ナルソンが驚き、一良《かずら》を見る。

「まさか、カズラ殿たちも？」

「はい。納骨堂でやったんですけど、本当に出ちゃって……」

「その怖い話というのは、どういうものなのですか？」

「ええと……」

件の怖い話を、一良《かずら》がかいつまんで説明する。

「──それで、お話と同じように、4人で四隅に立って、灯りを消してやってみたんです。そしたら、誰もいないはずの場所にも人がいて。初めはバレッタさんがいたずらしてるのかと思ったんですが……」

「うう、よく分からない金属音はするし、天井はばんばん叩かれるし、本当に散々だったわ……」

その時のことを思い出したのか、ジルコニアが半泣きになって言う。

「ブフッ！」

その時、じっと話を聞いていたティタニアが、唐突に噴き出した。

オルマシオールも含め、皆の視線が彼女に集まる。

肩を揺らして笑っているその姿に、皆が、まさか、といった顔になった。

オルマシオールがティタニアに何か話すような仕草をすると、ティタニアはこくこくと頷いた。

オルマシオールが右前足を上げ、ぺし、とその頭を引っ叩いた。

ティタニアは「何をするんだ」と言っているような迷惑そうな顔で、彼を見ている。

「お、お父様。昨晩の幽霊の正体は、ティタニア様だったようです」

「マジか。何だ、そういうことだったのかよ……」

ルルーナが言うと、ルグロは、はあ、と大きくため息をつき、ぐにゃあ、とイスにもたれた。

ジルコニアは顔を赤くして、あからさまに怒った顔でティタニアを凝視している。

するとそこに、慌てた様子のエイラが駆け込んで来た。

「ナルソン様。護衛兵の兵舎が大変な騒ぎになっているようで、すぐに調査をしてほしいと要望が出ていると、警備兵が伝えてきたのですが……」

「……まさか、その調査とは、『幽霊が出た』ということだったりするか？」

「あ、はい。昨晩、兵舎に幽霊が出たらしいんです。３つの兵舎で出たとのことで」

皆の視線が、再びティタニアに集まる。

不穏な空気を察し、ティタニアが「うっ」と少し身を引く。

「……それらも、ティタニア様がやったのですか？」

ロローナが聞くと、ティタニアは気まずそうにこくりと頷いた。

どうやら、一良《かずら》たちと同じように「四隅リレー」をしていた兵士たち全員のところへも、驚かせて回っていたようだ。

ジルコニア以外の全員が、呆れ顔になる。

「ティタニア様」

ジルコニアのドスの利いた声が響き、ティタニアがびくっと肩を跳ねさせる。

「今日一日、食事は抜きです。マリー、ティタニア様の料理を下げなさい」

「うふぇ⁉」

素っ頓狂な声を上げるティタニア。

「神様だからって、やっていいことと悪いことがあるでしょう！　今日一日お腹を空かせて反省していなさい！　このバカ！」

激怒するジルコニアに、ティタニアが助けを求めて一良《かずら》を見る。

一良《かずら》は、やれやれとため息をついた。

「ティタニアさん。いくらなんでもやりすぎです。甘んじて罰《ばつ》を受け入れてください」

ティタニアが小さく唸り、耳をぺたんと垂れさせる。

おずおずとルルーナたちに何か言おうとしたその頭を、オルマシオールがもう一度右前足で思いきり引っ叩いた。

「ナルソン様。オルマシオール様が、『このバカにはよく言って聞かせておく』とおっしゃっています」

「今日一日何も食べないように見張っておく、ともおっしゃっています」

ルルーナとロローナが、オルマシオールの言葉を通訳する。

心なしか、声色がトゲトゲしい。

相当ご立腹の様子だ。

「ティタニアさん、これに懲りたら、これからは人を驚かすのは控えてくださいね」

一良《かずら》が言うと、ティタニアはしゅんとした様子で小さく頷いた。

その後、ティタニアのいたずらは、しばらくの間起こらなくなったのだった。

あとがき

こんにちは、こんばんは。前巻のあとがきで書いていたヘチマについて、すっかり忘れていて育てはぐったすずの木くろです。いつもご購読、ありがとうございます。

ヘチマを育て忘れた代わりになるかは疑問ですが、今年はホームセンターで鈴虫セット（オス2匹、メス2匹で1200円）を買ってきました。

ネットで飼いかたを調べたのですが、キュウリ、ナス、リンゴを与えるといいとのことで。

せっかくだからと毎日それら3種類を与えているのですが、彼らはとにかくナスが好きなようで、輪切りにしたナスの中央が大きくえぐれるほどに食べてくれます。

リンゴとキュウリは水分補給代わりにしているようでして、ちょこちょこつまむ程度です。

最近少し忙しくて、深夜まで起きている生活が続いてしまっているのですが、鈴虫の音色に癒されながら幸せな感じで執筆ができています。

しかし、こうも忙しいと、一日一日があっという間に過ぎ去っていく感覚になってしまって、何だかすごい早さで歳を取っていくような気がします。

とある説によると、人間は生まれてから20歳まで生きた体感時間と、20歳から80歳まで生きた体感時間は同じくらいだそうです。確かに、子供の頃は一日一日がやたらと長く感じた気がします。一日の体感時間を長くするには普段と違うことをするのがいいらしいので、あちこち旅行をしてみたり、レストランに行ったら普段ならチョイスしないメニューにチャレンジしたりするといいとのことです。

スーパーで色んなメーカーのみかん缶詰なんかを買ってきて、果たして味に違いはどれほどあるのか？　といったことを、やってみても面白いかもしれないですね！

私の人生に彩りを添えてくれている鈴虫にも、お礼を兼ねてなるべくいろんな産地の野菜や果物を与えるようにしようと思います。虫の感じる時間の進み方ってどんな感じなのだろう。

というわけで、「宝くじ〜」シリーズ、14巻目を発売することができました。

いつも応援してくださっている読者様、素晴らしいイラストで本作を彩ってくださっている黒獅子様、素敵な装丁デザインに仕上げてくださっているムシカゴグラフィクス様、本編コミカライズ版を連載してくださっているメディアファクトリー様、本編コミカライズを担当してくださっている漫画家の今井ムジイ様、スピンオフ「マリーのイステリア商業開発記」を担当してくださっている漫画家の尺ひめき様、本作担当編集の高田様。いつも本当にありがとうございます。

これからも頑張りますので、今後とも、何卒よろしくお願いいたします。

2021年7月　すずの木くろ

宝《たから》くじで40億《おく》当《あ》たったんだけど異世界《いせかい》に移住《いじゅう》する⑭

2021年8月31日　第1刷発行

著者　すずの木《き》くろ
発行者　島野浩二
発行所　株式会社双葉社
〒162-8540　東京都新宿区東五軒町3-28
電話　03-5261-4818(営業)
　　　03-5261-4851(編集)
http://www.futabasha.co.jp
(双葉社の書籍・コミック・ムックが買えます)

印刷・製本所　三晃印刷株式会社
フォーマットデザイン　ムシカゴグラフィクス

落丁・乱丁の場合は送料双葉社負担でお取り替えいたします。【製作部】あてにお送りください。
ただし、古書店で購入したものについてはお取り替えできません。
【電話】03-5261-4822(製作部)
定価はカバーに表示してあります。
本書のコピー、スキャン、デジタル化等の無断複製・転載は著作権法上での例外を除き禁じられています。
本書を代行業者等の第三者に依頼してスキャンやデジタル化することは、
たとえ個人や家庭内での利用でも著作権法違反です。

©Kuro Suzunoki 2014
ISBN978-4-575-75296-0　C0193
Printed in Japan

Mす01-14

モンスター文庫

発行・株式会社　双葉社

モンスター文庫

発行・株式会社　双葉社